成知辛 著

海峡出版发行集团 | 海峡文艺出版社

图书在版编目(CIP)数据

南天孤雁掌/成知辛著.－福州:海峡文艺出版社,2024.9
ISBN 978-7-5550-3848-1

Ⅰ.I247.5

中国国家版本馆 CIP 数据核字第 2024XN5099 号

南天孤雁掌

成知辛　著

出 版 人	林　滨
责任编辑	林可莘
出版发行	海峡文艺出版社
社　　址	福州市东水路 76 号 14 层
发 行 部	0591－87536797
印　　刷	福州德安彩色印刷有限公司
厂　　址	福州市金山工业区浦上标准厂房 B 区 42 幢
开　　本	787 毫米×1092 毫米　1/32
字　　数	120 千字
印　　张	5.25
版　　次	2024 年 9 月第 1 版
印　　次	2024 年 9 月第 1 次印刷
书　　号	ISBN 978-7-5550-3848-1
定　　价	35.00 元

如发现印装质量问题,请寄承印厂调换

自　序

我年轻时曾非常痴迷武侠小说，尤其爱读金庸的小说。20世纪80年代初在大学读书时，一本头缺几页、尾少数张的《书剑恩仇录》，从晚上七八点看到第二天凌晨——因为有人排队等着看。那时，金庸的武侠小说很难买到。

写一部武侠小说的愿望由来已久，但由于忙于俗务加上自己的懒惰而迟至今日才完成。当然，写这部小说也是一项俗务，只是比我日常的编辑工作好一点。一年来，处于半退休状态，也就有了更多的时间。

武侠小说——更准确地说是传统武侠小说，主要是以人物的行动和语言来表现人物的性格、气质、好恶。武侠小说在很大程度上也是一种"解构"。

传统武侠小说不受年轻人的待见，80后、90后、00后觉得陈旧老套、不过瘾。但50后、60后、70后的武侠小说爱好者应不至于喜欢那些过度夸张的出手风雷、眨眼闪电、吐吸云飞雾卷、挥手翻江倒海的描写，即便隔山打牛、穿云击鹰也很不靠谱。

肉身是平凡、沉重的，希望躯体能强健轻捷与希望延年益寿一样，是再正常不过的想法。甚而，有些人还希望躯体能超凡脱俗，身轻如燕，飞檐走壁，背靠墙不惧敌人的包围。但这还不够，人们还认可力拔山兮气盖世的英雄。《红楼梦》中卿卿我我、缜密算计、钩心斗角、荣华衰败的深微描写让人掩卷沉思；赵云百万军中取上将首级，景阳冈武松打死吊睛白额猛虎的相对简放粗括的描写也让人钦美仰慕。只要身体是庸常的、相对无力的，人们就自然地追求身体能量的强大，武侠小说对身体力量的适度夸饰也就因应人们的这种向往。在这一意义上，阅读一部喜爱的武侠小说，是一次向往身体超迈的精神洗礼。

　　武侠小说又是具有侠义之心的人希望铲除黑恶而又无法完全实现的一种心理补偿。心理世界需要侠客，无论是令狐冲还是蝙蝠侠。

　　我的这部小说的少数章节曾经给一些朋友看过，记得是五位。一位60后、一位70后认为写得不错，可读性强；一位80后——1989年出生的，也还认可，另一位80后，也是1989年出生的，则不置可否；还有一位80后认为语言中规中矩但不出彩，偏于否定。

　　我写，只是为了表达对侠义的喜爱，希望通过环环相扣的故事情节，让传统武侠小说爱好者获得一种特殊的审美愉悦。这部小说能否达到这一效果，还需要在更大一点的范围和更长一点的时间中，由读者来检验、评判。

2024年2月

一

明宪宗成化三年（1467），农历十月十六丑时，一条黑影从福州屏山北面疾奔而下，跃上华林寺北墙后悄无声息地落在寺院内。华林寺位于屏山南麓，是一座单檐歇山式建筑，面积六七百平方米，规制并不大。黑衣人借着月光直奔方丈室而去。方丈济生正酣睡，黑衣人用利刃插入门缝拨门闩之际，屋舍顶上的瓦片被猫踩踏，突然发出噼啪声响，济生惊醒，黑衣人发觉济生已醒，便用内劲震断门闩推门而入。济生见有一条黑影向自己奔来，瞬时挺身而起推出一掌。黑衣人并不回避，出拳相迎，拳掌相交，黑衣人被震得后退半步。济生喝问："你是何人？为何夜半来本寺寻衅？"边喝问边推出一掌，这一掌势大力沉，黑衣人也不敢怠慢，一边闪避，一边也递出一拳。黑衣人这一避，济生的掌风把原来黑衣人挡着的小方桌上的花瓶震落到地上，发出清脆的破裂声，顿时各僧舍皆亮起油灯，一时众僧或持油灯或秉蜡烛冲向方丈室。黑衣人连着猛挥两拳逼退济生，纵身跃窗而出。但众僧已将其团团围住，济生也从窗户跃出，火光之下，但见此人一袭黑衣，黑布蒙面，在众僧围困下并无惊慌态势。济生厉声喝问："你是何人？来本寺做甚？"黑衣人并不回答，猛地挥拳向两位僧人打去，两僧闪避不及而倒地。济生和几位会武功的僧人向其冲去，但黑衣人已从倒下的两位僧人的缺口处冲出向北墙飞奔，济生及众僧追而不及，看来此人轻功高过济生。但见其几蹬上墙，却在跨过墙头之际发出一声闷哼，同时只见一道白光从墙头飞向众人，那银光速度并不快，似是强弩之末。落到地上的是一枚小飞镖，飞镖是银子做的，精巧漂亮，飞镖上用丝线系着一张白纸条，济生就着月光，看见纸条上写着几个字："聚钱令出，不从者死！"

济生让众僧回舍休息，只请了福州鼓山涌泉寺的海月法师到方丈室说话。海月这几天恰好在华林寺暂住。海月说："方才如厕，所以慢了一个节奏。原本以为是蟊贼，没想到是个高手。"济生轻叹了口气说："真是担心什么就来什么。"济生将纸条递给海月看。海月说："方才弹石击之，只是捡石再飞弹慢了半拍，加之那石头过大，飞击偏慢，让其逃脱，终是遗憾。不知这聚钱令什么来路。前一阵也听闻北地出现聚钱令，一些武林高手受到戕害，这次竟然到了南地。"济生说："老衲素未与人结仇，此人武功高强，半夜来此，恐是有所闻而来，可能冲着那些银子，恐须将银子转放到更稳妥处。"

原来，福州各寺庙香客所捐银子铜钱经各寺商议皆存放于华林寺，福州常年受暴雨、台风侵害，时有大水淹浸，民众受灾严重，这些银两用于赈济灾民。诸寺中以西禅寺、涌泉寺香火最旺，香客所捐银钱也最多。曾有歹人打过二寺银钱的主意，只是二寺把守严密，皆有武功高强僧人，歹人无法得手。诸寺住持商议后便将银钱放于不甚引人注目的华林寺。

话说福州旁的福清县城内有一位叫林伙的富商，主要从事茶叶生意，勤劳且经营有方，生意兴旺日子红火。林伙有一独子，叫林良风，因较晚得子，便格外珍爱。林良风小时，林伙就请通经塾师授其《孝经》《礼记》《诗经》。林良风六岁开始学习，塾师先是惊讶于他记性极好，不久又惊叹林良风悟性极高，教了两年多后，塾师常被林良风问住而无法解答，于是便向林伙请辞，让林伙另请高明。林伙又请了一位更高明的通儒来教林良风。经文中除了原来的《孝经》等，又加了《周易》《论语》《孟子》。林伙会点武功，一套船拳，乡里颇为知名，林伙怕林良风太小练拳易伤筋骨，直到林良风十岁方才教他。不想，林良风学拳进展极快，半年多下来一套拳已打得有模有样。林伙回想自己当年学船拳比林良风要慢得多，心中是又惊又喜。林良风十五岁时功夫已基本不亚于其父，只是身体尚未完全发育，尚欠硬朗，力量尚不足。成化五年（1469）秋天的某日，是林伙妹夫的五十寿辰，林伙妹夫妹妹居于福州，因生意走不开，林伙便让林良风带上寿礼并让一位仆人陪去。

　　林良风到姑姑家住了三天，第三天晚上参加了姑父的寿宴，到了第四天天刚蒙蒙亮就起来洗漱收拾准备上路。就在他吃着姑姑为他煮的鸡汤太平面时，两位家里的男丁来到——看样子是星夜兼程。男丁告诉：昨夜有歹人闯入宅里勒索钱财，林伙不肯，与歹人打斗，被人打死。打斗时，林夫人及数位男丁前来帮助，也都遭歹人毒手，那人从屋里劫走银票并留下字条。说话的男丁拿出字条，林良风见字条上写着：“聚钱令出，不从者死！”林良风的姑姑在旁听了当即晕了过去。林良风一时也气衰胸闷，两腿发软。还是林良风的姑父比较冷静，一边叫家仆去请郎中来救治夫人，一边吩咐用人赶紧弄点东西给林良风家的两位男丁吃。

　　两位男丁皆是身强力壮的壮汉，吃饱了歇了一会儿，林良风姑父又叫了辆马车，连同林良风带来的男丁，四人便回福清。到了家里，景况惨不忍睹。林良风知道，父亲乃正直刚毅之人，又会武功，定然与歹人拼死相斗。父母屋内已被歹人翻得乱七八糟，放银票的匣子锁被撬开，银票已被歹人拿走。事已至此，一众亲戚商议，那歹人不知是何来历，林良风留在家里也不安全，不如将剩下的家产变卖换成银子，去闽南泉州投靠亲戚。林良风也觉得有理。

林良风来到泉州亲戚处，这亲戚算不得太亲，但心地善良，对林良风同情深切，收留了林良风。住了些时日，林良风觉得如此下去总不是办法，银子总有花光的时候，便向这位亲戚说自己想做点什么，比如开个店铺之类的。亲戚说林良风年纪尚小，再等几年长大点再说。但林良风还是恳求。看林良风如此坚执，亲戚便用林良风带来的银子买了个小店铺，帮他开了个素食馆，又帮他请了两个伙计。林良风白天和伙计一起干活。在这位亲戚照应下，因林良风和两位伙计食材挑选认真、待客和善、价格公道，素食馆生意颇好。

一日上午将到午时，林良风和两位伙计正在忙乎，却听店外一声怒骂，紧随着是一声打耳光的声音，林良风赶紧走到店外，只见一位年逾半百的乞丐倒在地上，身旁是陶瓷碎片，四周散发出一股米酒味；乞丐身边一个二十七八岁的男子满脸怒气，一条裤脚湿了不少。男子怒骂："你瞎眼！你这脏兮兮的酒弄得我一裤子！"乞丐忙双膝跪地磕头："大爷见谅！是我瞎了眼，不小心碰到大爷，对不住、对不住！"但那男子似未解气，抬脚往乞丐头上踹去。林良风看不下去，跃前一步举脚挡住那男子的脚。那男子脚被林良风挡住，怒从心头起，骂道："敢挡大爷！"一个冲拳过来，林良风略一闪避，男子一个趔趄差点前摔，但站稳后回过身来又狠命向林良风挥来一拳。林良风以拳对拳回击，两拳相交，那男子痛得咧嘴抖手，狠狠跑开，边跑边回头说:"你等着!"

林良风回到店内过了不到半个时辰,但听店外一片脚步声向店里来,但见一位中年汉子,四十来岁,穿一身深褐色绸缎衣裤,入店便问:"哪位打了我的人?"林良风赶忙出来回应:"这位客官,并非我动手,我只是劝他别打那位可怜的讨乞人。"褐衣汉子说:"被打的是我门下,我未授功夫与他。听他说你拳头很硬,那就让我门下的李二与你过两招,店堂太小,可到店外。"被呼李二的走前两步朝林良风招招手说:"来来来,出到店外试试。"见到李二一副蛮横的样子,林良风心中火气也上来了,便也出到店外。一伙人来到店外,林良风突然瞥见有一短打装束的僧人也从店里出来,这僧人年约半百,从乞丐被打的前一刻就已入店,那褐衣男子一伙入店后,食客皆散走,唯有这位僧人还在角落一个座位上坐着吃素面。

李二马步上前,一招"黑虎掏心"直捣林良风前胸,林良风举双臂格挡,李二被震得后退了五六步;站稳后李二又朝林良风扑来,林良风侧身用右手一拨左手一推,李二被推倒在地。褐衣男子见李二不是林良风对手,便自己上前,一招"狼吞虎咽"直击林良风脑门,林良风举拳格挡被震退了两三步。褐衣汉子乘势双拳齐发,势快力猛,林良风也出双拳,以拳对拳,这回林良风被震退六七步,且站立不稳差点跌坐地上。褐衣汉子又乘势上前,出双拳猛击林良风。情势危急之时,那短衣僧人急速上来挡住褐衣汉子的双拳。褐衣汉子喝道:"哪来的和尚?少管闲事!"又挥拳击向林良风,那僧人又出手挡住。褐衣汉子顿时恼怒,出连环拳击向僧人,那僧人并不闪避,手掌张开似龙爪,对来拳抓住一捏,褐衣汉子的另一拳也被僧人捏住;

褐衣汉子想抽手却无法抽出，被僧人一捏，痛得龇牙咧嘴，僧人见状也就放手。褐衣汉子知道，今天是遇上厉害角色了，武功相差太多，便带这一伙人退走。见褐衣汉子一伙走了，街坊周邻才说，褐衣汉子姓廖，是当地一霸，开赌馆妓院，勾结官府，欺诈百姓，拳脚也颇为了得，收了一帮徒弟，经常为非作歹。

僧人对林良风说："小兄弟，你这店怕是开不下去了。"林良风向僧人说了自己的情况。僧人说："不如随我到东禅少林寺做个俗家弟子，如有兴趣我也可教你武功。"林良风觉得如此颇好，就答应了。僧人告诉林良风，自己是东禅少林寺的饭头僧，负责斋堂料理。此次是方丈让他到开元寺办事，返程感到饥饿，便入店吃一碗素面，却见到了林良风扶弱抗恶，自己怕那人叫来帮凶，便留下想见机帮助林良风。僧人还说，斋堂做事，繁文缛节少，如想习武，时间也多。林良风这才仔细打量僧人：僧人偏胖，年约半百，眉浓眼小。虽然林良风刚才只使了几个招式，但僧人似乎看出林良风是个习武的好材料，所以才主动提出可教林良风武功。林良风见到自己两招就马上被那褐衣男子打败，而褐衣男子一下子就被这僧人抓捏得龇牙咧嘴，心想这僧人武功不知要高自己多少，能向他学习武艺真是太好了。

林良风把情况告知了亲戚，并拿了点钱遣散两位伙计，便跟着僧人去了东禅少林寺。

东禅少林寺也称镇国东禅寺，俗称南少林，位于清源山东麓，几经兴废，自明洪武十年（1377）重兴，规模宏大、形制庄严。

饭头僧法号广施，江湖上称"小神厨手"；广施的师父是嵩山少林寺第一饭头僧,也就是伙头僧,法号普惠,江湖上称为"神厨手"。林良风入寺第二天,广施便带他拜见方丈和相关僧人,说明入寺因由。第三天早上,广施拿了一个两尺大小的木盆让林良风和面,那面粉有十二三斤;广施要林良风一次性和做一块,然后再揉。广施自己在一边拿了个更大的木盆往里倒面粉,那面粉足有三四十斤。林良风揉了没几下,便觉极为吃力,手酸、无劲。平日林良风帮伙计和面最多六七斤,当下多了这么多哪里吃得消。广施却把一大块面疙瘩揉得轻松自如。广施见林良风累得满头大汗,便过来扯下一块面团放到自己盆里,又告诉林良风揉的时候脚要站稳,马步下扎,身体平正,腰力通过肩、肘关节传至手腕、手掌、手指等一干要领,让林良风平时揉面时注意体会。不做面条、馒头时,林良风平日要炒菜,炒菜的大铁鼎又大又深,足有寻常人家铁锅的数十倍大,双手握铲,炒起菜来要有一定速度,却又要注意不得将菜翻到鼎外。如此过了两三个月,待林良风揉面、炒菜已比较熟练且不甚费力了,广施又拿更大点的木盆,面量加大,又传授林良风压、挤、捏、正反手拍、两指插入面团后如何拉搅等"揉面手"功夫要诀。林良风没想到,厨房的活还有这么多功夫。广施见林良风勤勉诚朴,也尽心教授。广施请示了方丈,方丈授给林良风净尘的法号。

二

春去秋来,花开花落,林良风在南少林不觉已三载。

一日,广施又带林良风等三个饭头僧去泉州城里购些物什。

入城之后，便听得众人都在议论泉州城前几天发生的商号、大户被劫之事。被劫的广丰商号是泉州城数一数二的商号。另外两家被劫的大户在漳泉一带也声名隆盛。广丰商号总店更是请了一位江西形意六合拳高手护店，这武师在浙赣一带颇有名望。另外两家大户也都延聘颇有声望的武师护院，不意，三位高手分别被蒙面大盗打死。据三个大户的家人所言，大盗皆是几招就打死护院武师，而后要挟主人，说不交出金钱就打死所有家人。三户交出大量钱财，蒙面人果然没有伤人，此人显然为钱而来。广施想到近来陆续听到漳州、兴化、福州有商户望族被劫，而且还听闻扬州、苏杭也有商户被劫；心想，不知是否同一人所为。同时暗惊：若是同一人，此人真是艺高胆大，苏杭一带藏龙卧虎，如此行险竟不怕失手丧命。广施打算，过几日带上林良风前去福州府了解情况，然后再往扬州、杭州一带打探了解。带上林良风一则是师徒情感甚笃，沿途有个伴；二则广施也想带林良风走走，增广见识。

广施带上林良风一路往北，昼行夜宿，先前往兴化府。因走官道需花费较多时间，所以广施不时带林良风走山路。闽地多山，虽然泉州到兴化山水不是很险峻，但山路总归崎岖，也时有险处。林良风想起幼时塾师所课曾巩的《道山亭记》中所写闽地山水："其途或逆坂如缘絙，或垂崖如一发，或侧径钩出于不测之溪上；皆石芒峭发，择然后可投步……"林良风不禁心中默然许之。广施走山路既是图近，更是为了锻炼林良风脚力。林良风没料到，师父广施的脚力竟如此了得，有时近两个时辰山路走下来，脚步依然稳健有力，气力饱满，气不喘，只是汗微冒。到兴化府的这一路，走山路时有攀、爬、跳等；

广施或告诉林良风注意之处，或援手保护帮助。

一日傍晚，二人进入兴化府治所所在地莆田县城，欲沿街寻个旅店住下。行至老西街时，却听远处有追杀之声传来，声音越来越近，似是一伙人在追什么人。稍过一会儿，但见一蒙面黑衣人手提一袋重物奔来，蒙面人身后一群人喊着："强盗！打劫！抓住他！"广施上前拦截。蒙面人左手提着布袋，右手一拳朝广施击来，广施侧身一避，左手直拿对方曲泽穴，蒙面人急忙退缩。广施便进步上前，对方右手一个小旋，拳眼朝上快速击来。这一拳势大力沉，广施认出是五雷拳的小轰雷招式。广施揉面时也常用掌拍、拳击，拳法也甚为了得。广施一拳迎出，两拳相撞，蒙面人退了几步。广施见占了上风，迅速上前一步又挥出一拳，拳风直击对方紫宫、玉堂二穴。蒙面人见对方武功高于自己，为保性命，只得扔下沉甸甸的包袱，转身斜刺里逃跑。有道是"穷寇莫追"，且不知对方有没有接应，广施也就不再追。广施打开布袋一看，朦胧的月光下，但见几十根金条闪着黄灿灿的光。此时，一伙人举着火把也已到达，广施将布袋交给为首的一位。那为首的虽是短打装束，但布料却是青灰色绸缎，朝广施作揖，说道："我等是同知府宅的下人，方才那位强人到同知宅第劫走财物，其武功甚是高强，我等拦截不下，多亏师父相助。敬请二位师父移步到同知大人府上品茗歇息。"

广施、林良风与一行人来到一座宅邸，走过一个颇大的天井，但见厅堂灯火明亮，一位身着水红色麒麟官袍的略胖中年男子端坐在厅堂上。着清灰色绸缎短衫的人上前道："禀老爷，方才是这两位师父拦住了劫匪，劫匪扔下东西逃了。"显然，身着官袍的男子就是同知大人。只见他起身向广施、林良风抱拳、领首，说："多谢两位师父！"青衫男说自己是护宅的为首武师，兴化猴拳名家，远远看见广施三招两式打跑劫匪，方知什么叫"山外有山"。同知得知广施二人要到福州，便给了二人一些盘缠。广施师徒二人在同知府住了一夜。夜里，林良风暗暗思忖：朝廷正五品命官竟如此敛财，劫财之人定是探查到其藏金之处，有备而来。广施也是这么想，广施还想：手提如此重的布袋，依然跑得比身后几个会武功的更快，此人功夫颇为了得，在五雷拳门中地位应该不低。广施诧异：五雷拳这种名门正派竟也做打劫这种事。

第二天一早，广施与林良风便离开兴化府向福清县城而去。师徒二人一路跋山涉水来到福清县城，林良风离开家乡数年，心中感慨万千，拜访了数位亲戚和故友。广施也拜访了几座寺庙。在拜访黄檗山万福寺高僧正觉时，正觉向广施说了一件事。

福清最大的锦缎店店主叶丰经常来万福寺烧香礼佛。叶丰生意做得很大，在福州、杭州皆有商店。两年前，叶丰到万福寺礼佛时，有七八个小沙弥正在山门外练武，其中有一个在一株高大的樟树上，这个小沙弥脚夹树干，头朝下慢慢下滑，却突然有了闪失，两脚挂不住，头朝下快速下撞。叶丰恰巧离树不远，便一个箭步上前，伸出右手接住了小沙弥，众人一片惊呼。此事过后两个多月，叶丰又来到万福寺礼佛，礼佛完毕正觉送叶丰到山门。叶丰出山门走了几步，正觉又叫住了他，正觉也迈步出了山门，正觉说："上回若不是施主好生纾危，那小僧性命危矣，救人一命，胜造七级浮屠，施主请受贫僧一拜！"叶丰急忙上前扶住正觉，说："大师言过。此乃我佛护佑有情，并非在下功劳。"正觉说："施主心地慈善，武功也高。"叶丰说："大师过誉。"正觉说："恕贫僧直言，施主武功虽高，却尚有不尽如人意之处，贫僧愿为祢补缺漏尽一份绵薄之力。"正觉口中说着，手腕挥动，手掌向叶丰头上树叶挥去，数片树叶纷纷飘落。叶丰心中一凛：万没料到正觉武功如此之高，便双膝下跪说道："大师若能惠赐武功，在下不胜感恩！"正觉说："施主快请起！寺门之外赠与一招半式，也不算触犯寺规，日后或防身护命用上，也算我佛恩德。"正觉便授予叶丰一个招式，详解了心法、要领。正觉早已从叶丰的身形、步伐中判得他武功深浅，此招正适合叶丰练习。

过了一个多月后的一天，叶丰来到黄檗山下的村舍住下。因黄檗山离县城太远，而香客又不能在寺中过夜，有人便在黄檗山西南麓的村庄为香客建了一排房屋，以便法会的前一天香客们有地方住。万福寺就在附近峡谷的一块平地上。六月十八日晚叶丰住下，准备第二天参加观音菩萨成道日的法会。叶丰是大财主、老香客，住了个大单间。夜半时分，叶丰正熟睡，忽觉窗棂有响动，便一跃下床，只见一条黑影已跃窗而入向自己逼来，来人手中的一柄短刀在熹微的月光下闪着银光，直袭叶丰的廉泉穴，叶丰连忙闪避，使出盘锦手的横绞招反袭对方天池穴。来人略一闪，脚下继续踏进一步，短刀直削叶丰的天宗穴，叶丰慌忙闪避，已无能力出招反击。黑衣人低声喝道："若答应交出你的一半家财，可饶你一命！"黑衣人手腕一转一刀刺向叶丰灵台穴。情急之下，叶丰使出正觉所教那招，颇有同归于尽之势。黑衣人如果继续刺向叶丰灵台穴，则势必被叶丰击中膻中穴，这一招飘逸轻灵中带着峻急。黑衣人慌忙收刀闪避，趁此暇隙，叶丰往斜侧一冲跃出窗户，向万福寺疾奔。黑衣人也跃出窗户紧追叶丰。叶丰见黑衣人武功明显高于自己，便提气猛奔，黑衣人则紧追不舍。叶丰知道，此次唯有正觉能救自己，幸好万福寺离得不远，危机万分之际总算到了万福寺，叶丰跃上寺墙跳入寺内，奔跑中特意弄大声响。叶丰竭尽全力又奔了几十步，前面已有人出来，月光下叶丰看到是正觉。因正觉武功高强，觉察响动早于其他僧人，故先于他僧出来。叶丰心中舒缓，加之奔跑得很累，脚步顿时慢了下来，黑衣人却不缓慢，上前对着叶丰的风府穴挥出短刀，边说："聚钱令出，谁敢不从？"危在旦夕之际，正觉一掌拍去，黑衣人顿觉掌风势不可当，急忙闪避，同时使出全力掷出短刀，短刀疾速飞向正觉的神庭穴。正觉一边避让一边赞道："好个'风来草伏'，追风刀果然厉害！"脚下却不停留，赶将上去，又挥出一掌，眼看将击中黑衣人的筋缩穴，只见黑衣人团身一个筋斗前滚，堪堪避开，施展轻功飞逃而去。

广施听罢正觉所说，对正觉说："追风刀在江湖上曾名重一时，竟也听命聚钱令，这聚钱令到底什么来路？"正觉也觉得聚钱令极为不简单。

广施、林良风辞别正觉，又从福清到了福州。广施带着林良风参拜了西禅寺、涌泉寺、华林寺等，得知有人夜探华林寺，还得知福州城内也有两个富商被劫。广施便将正觉所说之事告诉了三个寺的方丈。泉州、兴化、福清、福州数年间皆有人被劫财宝，加之华林寺有人光顾，一连串的事连起来看，广施及济生等几位皆觉得事情不简单，这聚钱令似乎深不可测。而且，济生和涌泉寺方丈还听说苏杭淮扬一带也有富商钱庄被劫。广施决定去苏杭一带走走,打探究竟。

广施要林良风回东禅少林寺,自己去苏杭一带,哪料林良风不从,央求广施带他前往。虽知江湖险恶,但师徒情深,且林良风也需要增加见识、历练,广施也就答应了。

三

山重水复,行程迢迢。广施师徒二人到了杭州城,住了一晚,第二天便得知杭州城内有五家大商号钱财被劫,其中一家是开铜壶店的,老板是江湖上称作"十杀棍"的焦仪。焦仪也算是一把好手,一根熟铜棍十招之内必杀对手,此次却钱财被劫又死于非命。五家商号唯有焦仪被杀,其余四家并无人伤亡,传是焦仪反抗,而其余四家顺从。焦仪尸身上留下一张字条:"聚钱令出,不从者死!"广施到云泉寺拜会了云泉寺长老空明,空明告诉广施,焦仪是被玉碎掌杀死的,说时空明长老眼中露出惶恐。广施听师父普惠说起过玉碎掌。普惠说,自己年轻时,玉碎掌纵横江湖,击杀了数十位江湖高手,却从未有人见过其真面目。被玉碎掌击中之人皆经脉碎断,但脸上却不见痛苦情状,想必那玉碎掌内力深厚,击出时劲力迅猛,瞬间置对手于死地,因此,武林闻之变色。后来玉碎掌又销声无迹。

广施将一段时期南方发生的几件事说与空明听,空明也告诉广施,听说中原一带也有大商号被劫,二人交换了看法。不知玉碎掌是否就是发出聚钱令的人?还是玉碎掌也听命于聚钱令?如是后者,那更为可怕,玉碎掌在武林已让人闻风丧胆,而能让玉碎掌俯首听命之人武功之高难以想象。

广施打算带上林良风上嵩山少林寺去见师父普惠。

广施、林良风一路风餐露宿来到少林。普惠已有数十年未见徒弟广施,此番见到格外高兴。林良风见普惠胡子眉毛黑白间杂,白多黑少,面貌清癯,体形偏瘦。广施、普惠叙说了许多。广施将近期不时有富商被劫及福州华林寺有聚钱令的人光顾、杭州五富商被劫、其中焦仪死于非命的事告诉普惠。普惠则告诉广施:太原府(治所阳曲县)、开封、洛阳都发生了商铺被劫的事。被劫商铺中只有一位商人死于非命,是开封府开药铺的,江湖人称"续命掌柜"的韩鹤年,韩鹤年以"缘脉指"独步武林,也算是一等一的好手。韩鹤年身上留下"聚钱令出,不从者死"的字条。广施问普惠:"师父可知韩掌柜死于何人之手?"普惠叹了口气,说:"不知。老僧也曾想去一探究竟,但想到方丈常告诫出家人不宜过问俗务,也就未去查看。能置缘脉指于死地,其功夫不是一般的深哪!"广施说:"徒弟是担心武林将有大难。"普惠脸上泛出一丝苦笑:"是啊,下杀手者路数不明,缘脉指在武林声名良佳,江湖人士及普通百姓受其嘉惠颇多。悲哉!阿弥陀佛!"

住了些时日,普惠、广施、林良风开始切磋武艺,先是广施不时点拨林良风,普惠在旁观看,有时普惠忍不住也点拨林良风。近一个月下来,普惠发觉林良风慧根极好,是罕见的习武好料子,对林良风时有夸赞。广施想起普惠曾说还有两招是神厨手中最厉害的未教自己,说是这两招不仅难学,若悟性慧根不足,练得不好极易伤身,甚至内气错乱、武功尽废。广施想:林良风悟性极好,不如请师父将此二招教与他。广施便与普惠说了。普惠对广施说,这两招就是广施的太师父也只会七成，太师父将会的七成悉数传给自己，但还有三成，各有九式，加起来十八式，自己也不会。普惠说，教他的师父教与招式并留下图谱，反复叮嘱练这两招要循序渐进，如调息运气时感觉不顺，有逆气窜攻，必须停止练习；只可练习运气顺畅之招，否则危及性命。自己对最后两招又最后三成的各九招，一练便感到气息阻滞，胸闷气胀，反复摸索却不得要领，所以只好放弃。

　　这样普惠就带着林良风到后山习练神厨手中的最后两招，广施则在一旁观看。两招分别是"双手推磨"和"千斤拉面"。几天下来，见林良风学得甚为顺利，普惠、广施心中皆喜：神厨手极可能得以完整传承。广施、林良风在少林寺住了有两个多月。一日，普惠和林良风在后山练功歇息时，普惠对林良风说："老僧已将双手推磨和千斤拉面两招中老僧所知的悉数教你，但两招的最后九式，合起来就是十八式，老僧也不会。待会儿回去我将图谱给你。"回去后，普惠拿出一本图谱，翻至后面，对林良风说："这两招的图和解释文字都在这里，你拿着慢慢体悟吧。但切记，如练习中感到运气不顺甚至逆气上行，一定停止作罢，不可再练，否则伤身乃至丧命。"

　　一日晚课过后，普惠将广施、林良风叫至房舍，普惠对他们说："近来不少富商被劫，缘脉指等武林高手丧命，接着不知还会有谁，这场风波不小啊！那留下聚钱令字条的武功很高，不知其是否就是聚钱令还是听命于聚钱令，如是听命于聚钱令，那就更为可怕，这发聚钱令的武功之高难以想象。"普惠顿了顿，说："如是这样，或许只有南天孤雁掌能解救武林危机。"林良风不禁问："太师父，南天孤雁掌是什么人？功夫真的非常了得吗?"广施也听说过南天孤雁掌,但不知详细。普惠说:"南天孤雁掌极可能在福建,你二人回南少林吧,在福建慢慢打探。"广施说:"师父能否再说详细一点?"普惠说:"本寺达摩院首座了悟有至交叫真量,真量因情极度伤心,了悟大师劝他远离伤心之地,不妨到南地修行向佛,处空绝虑。真量武功绝世,辞别了悟之时对了悟说到南地要创一套南天孤雁掌。你们若能寻找到南天孤雁掌,请他出山,为武林除害解危,也是我佛德惠武林!"

过了几天,广施和林良风便辞别普惠和一众僧人回南少林去。

普惠之所以催促两位回去,还另有顾虑。从外界传出的消息说缘脉指韩鹤年身上并无伤痕,五官也无血迹;如此可以断定应是被玉碎掌三招两式打死,能三招两式置韩鹤年于死地,说明玉碎掌武功确是了不得。聚钱令不仅危害富豪大户,其对武林的危害也已现出端倪,若不设法阻止,武林将有大劫难,自己找到杀害缘脉指的凶手,或能发现线索,即使自己武功不济,如能揭示此人或此人背后之人的面目,也可能为武林正道高手除去祸害助一把力。普惠催促广施、林良风回去,除了让他找南天孤雁掌,也担心自己在寻找玉碎掌的过程中牵累二人,甚至二人可能有性命之虞。

普惠盘算着如何尽快找到凶手。

四

就在普惠焦虑之际,又传来太原府一个富商钱财被劫的消息,但此次没有听说有人伤亡。看来凶手就在不远处。普惠想起少林斋堂里曾有一俗家弟子叫颜化,虽然他是斋堂里一位武僧的徒弟,但自己曾点拨过他武功,此人现在在开封府一个富豪家里做护院武师,不时到少林寺进香,每次进香都来看望自己,并对自己恭执弟子礼。普惠找了斋堂里的一位僧人,嘱他下山去开封府找颜化,让其速来少林。过了几日,颜化来到少林,普惠便与他说了一番话,颜化顿然下跪磕头说:"师父,武林有难,扶正祛邪,弟子万死不辞!"于是,颜化便带着普惠来到了颜化的东家家里。季节将近深秋,寒意已浓,为了掩盖僧人身份,普惠换了家常便装,戴了顶深灰色薄棉布帽。普惠已与颜化说了,自己此番作为要与少林撇清干系,对手深不可测,不能因为自己的行为而累及少林。普惠与颜化商量好了,颜化与东家说,近来周遭富户屡遭打劫,连武功极高的续命掌柜韩鹤年都死于非命,以颜化自己的功夫肯定对付不了这位劫匪,所以请了一位高手来。东家也已知周遭富户被劫之事,本就心中惶然,听颜化这么一说,心下欢喜,表示愿出重金请普惠护家。普惠对东家说:"我此番来是应颜化之请,也是寻机为武林除害,不是为钱。东家能给口饭吃即可。"普惠怕有凶险,让颜化离开,颜化则坚决不从,表示要与普惠共进退。普惠见他侠肝义胆,心想留下或许也能帮忙。但普惠再三告诫颜化,他功夫太浅,若劫匪出现,切不可盲动,只能离得远一点,记下对方的身形体貌即可。

　　普惠在富豪家住了有近一个月,却动静全无。普惠便让颜化放出风去,说自打来了个老师父护家,家里老爷可放心多了。颜化还对街坊邻里说,要是劫财的来了,保管叫他有来无回。

话是一传十、十传百，竟传得开封城大半城皆知。

又过了半月余，一个月明星稀的夜晚，普惠和颜化都已入睡。一条黑影越过普惠所在的富豪家后院的墙头直奔主人房间，但到主人房须经过下人房，当黑影经过下人房时，惊醒了普惠。为防意外，夜晚普惠都和衣而睡，当下普惠轻跃而起，追了出去。来人见身后有人追来，足下愈发加力，但似乎并未将身后的普惠甩开，知道遇到了强手，便突然返身相向迎去，瞬时，普惠也已逼近。月色下，普惠约略觉得此人四十开外，眉清目秀，颧骨略高。普惠不及细看，那人的掌风已袭来，犀利的掌风扫袭普惠廉泉、璇玑、紫宫、膻中四道大穴，速度之快、掌风之劲，普惠头回遇见。普惠急侧身，同时运气，左手掌推、右手拳送；左手掌击对方曲泽穴，右手拳风直袭对方孔最、列缺、经渠三穴，且右手拳带着缠劲而出。普惠的神厨手势大力沉，所击虽非任脉所在穴位，但曲泽穴属手厥阴心包经；孔最、列缺、经渠则属手太阴肺经，一旦被击中双手即废。那人在避闪之际左手挥出一掌，看似击普惠巨阙穴，但掌风下沉，却是袭普惠气海穴，其运掌神出鬼没。普惠大惊，使出神厨手中"千斤面袋轻放地"，双手下沉挡住掌风，右脚飞击对方中脘、下脘穴。对方连忙后退，口中却不禁赞道："好功夫！"普惠说："你也不赖！"看来是棋逢对手，两人缠斗得难解难分。

普惠见其掌劲透达，招招毙命，便沉声喝道："好个玉碎掌！"不料对方也猛喝道："好个神厨手！"但见对方双掌拍来，左掌袭普惠天突、华盖、玉堂三穴，右掌击普惠璇玑、紫宫、膻中三穴；左掌右掌属于连环出击，出击间隔极短；对手避了左掌就难避右掌，招式、掌风凌厉骇人。出掌时此人正面失却防护,这完全是一副拼命的架势——不是你死就是我亡。普惠心想:曾听说玉碎掌有宁为玉碎不为瓦全的招式,不想今日得见。普惠来不及多想,只能使出平生功力出掌迎击。四掌相迫,两人身旁的一棵榆树的几条枝丫被掌风激迫得断裂。不到半炷香工夫,普惠但觉胸口麻痛;而对方却闷哼一声,呕出一口血来。普惠但觉对方劲力消失,而自己也已双手无力、通臂酸麻,一点也使不上力。普惠想:若对方再坚持一会儿,自己的命也就休矣。月光下,但见玉碎掌脸色惨白并转身拔脚便走。普惠想追却感到身体疲乏,双脚发软,只得任由对手走掉。估计对方也气力不济,跑不动而只能走。因普惠和来人武功都高,打斗虽狠而动静却不大,所以起先没什么人被惊醒;倒有几人隐约听见树枝断裂声和闷哼声,起来外出探看,庭院内已无人迹。听见庭院内有人声,众人及东家都出来了,见普惠、颜化房内有灯火,东家来到普惠房内,但见普惠在炕上盘腿打坐,前额沁出细密的汗珠,脸色煞是难看。颜化对东家说:"老爷,贼人已被师父打得吐血逃跑,师父有点疲乏,需运气调息,老爷可放心回房休息。"东家便回去了。

第二天,普惠与颜化在厅堂与东家说话。普惠说:"昨夜那贼寇似受伤不轻,近期应来不了。但我也被他所伤,须回去疗伤,颜化留下护卫即可。"颜化说:"既然贼寇近期来不了,这里有家丁护院即可,此去路途尚远,师父年纪大了,我还是陪伴师父返寺为好。"东家听此表示赞同,向普惠致以谢意,并取出不少银两一定要送给普惠。

颜化一路陪伴普惠回到少林寺,普惠要颜化在少林寺住几日。一日,普惠叫颜化到自己房间,说:"那人功夫极深,就是江湖所称的玉碎掌,你在远处不知是否听到老衲喊他玉碎掌。玉碎掌被老衲伤得不轻,但老衲也被玉碎掌所伤,命恐不久矣。"颜化说:"是有听闻玉碎掌,但只是传说,像是很久的事,但那人远看只有四五十岁啊。"普惠说:"江湖上有人有驻颜之术,此人真实年纪不得而知,但花甲朝上应该是有的。此人近期复出似无可能。武功这么高如还听命于他人,那发令之人功夫真是厉害!"普惠轻叹一口气,接着说:"他已识破我是少林寺的人,老衲所做与少林无干,纯属老衲自己所为。老衲与他离得近,此人左额有一铜钱大小的青斑,你可将他的形貌征状告诉广施、净尘,日后他们若寻得南天孤雁掌,可为武林除害。"颜化说:"我一定转告广施师父他们。"普惠说:"你去吧。"颜化转身走出几步,普惠又把他叫住,说:"老僧若归天西去,你可对外说,老僧曾对你说,普惠自觉擅自行动有愧于少林,自我担责而西去。"颜化连忙下跪说:"师父,您可得好生养着,弟子愿服侍师父。"普惠见其一片忠心,自己不过点拨过他几招,他便有一日为师终身为父之念,心下甚为感动,便说:"你武功尚浅,自己得多加小心。"颜化辞别了普惠,又去了开封府那富户家。

不知不觉过了近半年,一日,普惠正在屋内打坐,颜化来了。颜化见普惠正打坐,便在屋外静候。过半个多时辰,普惠打坐完毕起身,颜化才进屋。许久不见,二人甚是欢喜,喝了两杯茶后,颜化说:"师父,玉碎掌死了。"普惠惊问:"你是如何得知?消息可确切?"颜化说:"消息应是确切的。"

原来,颜化常去开封府大相国寺进香拜佛。二月廿日那天,颜化得了风寒,额头发烫,但第二天是普贤菩萨圣诞日,颜化还是去了大相国寺。天气寒冷,到了寺内,颜化浑身寒战,到跟着诵经时就颤抖得更厉害,诵起经来也哆哆嗦嗦。颜化身旁站着一个人,此人住在大相国寺附近,是远近闻名的医者,叫李葆,年纪也就三十来岁,也常到大相国寺进香礼佛,由于经常遇见,两人也就相熟。李葆见颜化病得不轻依然来礼佛诵经,心下为其诚意感动,便拉了拉颜化衣袖,轻声耳语说:"颜老弟,且跟我来。"颜化便跟着李葆走向寺外。李葆叫了辆马车与颜化坐上回到自己所开的药房"葆康堂"。李葆让颜化到屋里躺下歇息,抓了点草药熬好后让颜化服下。颜化服药后出了一身汗,感觉舒服多了。李葆又叫了辆马车送颜化回去。此后,颜化便常抽空去李葆处坐坐聊聊。

有一日,颜化带了几块刚烙好的鸡蛋饼去看望李葆,两人刚坐下聊了几句,便见门外有人来,只见一个年轻人扶着一位至少年过花甲的人进来。颜化抬眼看去,顿时大惊,被扶着的人不是玉碎掌吗?那天自己在稍远处,看到普惠与玉碎掌激斗,几次想靠前,但感到两人掌风凌厉凶猛,自己武功不济,前去也帮不了普惠什么。借着月光,可以感觉这玉碎掌应是四十开外,看其眉目清秀,颧骨较高;此人相貌身材都与那天和普惠打斗之人相似,而且更重要的是普惠曾告诉自己,玉碎掌左额有一块铜钱大小的青斑,而此人恰有此特征;只是人苍老了许多,应是被普惠重伤所致。正惊恐间,玉碎掌和扶他之人已来到跟前,李葆早已站起迎接,颜化回过神来也连忙站起。扶玉碎掌的年轻人与玉碎掌长得很像,左额也有一块铜钱大小的青斑。玉碎掌显得格外憔悴、有气无力,近看更是十分苍老。年轻人问:"哪位是大夫?请帮助医治家父。"说着从背着的褡裢中拿出两块银锭,每块看上去足有五十两,交给李葆。李葆虽基本不会武功,但与各色人等打交道多,见识也多,见两人样子觉得非等闲之辈,连忙让玉碎掌坐到桌前,自己在其旁坐下将脉枕放于其左手下,指头搭上号脉。李葆开了几帖药让年轻人带回给其父服用。送两人时,李葆说了一句:"要是续命掌柜在就好了。"那老者轻叹一口气,说:"一切皆是命啊!"

送走两人后,李葆和颜化又说了一会儿话。颜化问:"此人所得何病?"李葆说:"此人脉象虚浮衰弱,主经脉严重受损,甚至断裂。"颜化心中不禁惊奇:想不到普惠师父的功夫竟如此了得!

过了半个月,颜化又去葆康堂。两人闲聊了一会儿,李葆说:"半个月前由儿子扶来的那个人死了。"颜化忙问怎么回事。李葆告诉颜化,前天那年轻人又来葆康堂,这回是背了一袋银锭来,那袋银锭很是沉重,但那年轻人背入药堂时却依然轻松,面不改色气不喘,一定是个武功好手。他把一袋银子都给了李葆,说他爹不行了,让李葆跟他到家里看看。李葆坚辞不受那些银子,带了些药,便跟着年轻人去了。出了开封城,往西南没走多远,进到一座小院落,年轻人带李葆进屋,那人躺在床上双目无神、气息奄奄。李葆拿出一粒药丸让其和着温水服下,药丸是李葆家祖传秘制的,中有麝香、鹿茸、五步蛇的胆粉、泰山百年灵芝等,那人服下药丸后似乎有了点精神。李葆给其切脉时说:"客官受的内伤不轻啊!"那人说:"李大夫好生了得,我被少林神厨手普惠所伤。"李葆说:"在下不懂武功,不知神厨手普惠是何人。在下带了一枝百年老参,您先服用吧。"病者惨然一笑,说:"恐怕用不着了,天注定我过不了普惠这一关。罢了，李大夫，您已尽力了。"说着吐出一口血来，又对年轻人说："你告知聚钱令主，对他所发之令，我已尽力履行。令主除去普惠容易，但少林深不可测，非简易可行哪！"话刚说完，突然手一垂咽了气。

听颜化说完，普惠说："玉碎掌也知老衲受伤不轻，但或许不知老衲恢复得如何，其子的功力应该不如他，轻易应不会找老衲报仇。从李葆所讲看，玉碎掌是让儿子告知聚钱令主寻机找老衲。老衲为玉碎掌所伤，筋脉受损严重，武功已无可能复原，能活到今日已是造化，全仗我佛慈悲。"普惠似乎有点累，稍停歇了片刻，接着说："玉碎掌对聚钱令忠心耿耿、俯首帖耳，这聚钱令的功夫难以想象，老衲除去玉碎掌，算是为武林除去一害。老衲已是垂暮之人，死不足惜，所忧的是会不会累及少林，如是累及少林就是老衲的罪孽了。老衲上回已说，老衲所为并未请示过方丈，与少林无关，乃老衲一人之事。请你广为宣言：普惠自觉出家人不应介入俗务，擅自行动有愧少林，故自行了断谢罪。"言毕，闭目端坐，双手合十，竟然圆寂。原来普惠用逆小周天呼吸法强行断了心脉。颜化见状忙上前用手探了探普惠鼻息，发现鼻息全无，心中悲痛，便跪倒在普惠面前。

普惠圆寂，少林寺上下皆为惊动。

五

广施和林良风一路南行回到南少林。这一路他们也不断打探南天孤雁掌的消息，但没有结果。南行途中，他们在扬州、钱塘短暂停留，得知扬州有两位富商被劫，钱塘有一位富商被劫。路过福州时得知有人欲劫鼓山涌泉寺的银钱。济生告诉广施，福州多数寺庙都将功德钱交由不甚起眼的华林寺保管，但自从有人挟聚钱令来光顾后，各寺方丈、长老商议后认为还是将功德钱放到涌泉寺更稳妥，涌泉寺处于高山上，想抢得银钱下山并不是件容易的事；更主要的是，涌泉寺有海月法师等数位高手。

是年，福州及周边水灾严重，又多次受台风侵袭，官府对灾民虽有赈济，但终究灾民多而财力有限，"僧多粥少"，许多灾民得不到救济。各寺商议后，决定由海月法师领若干能武僧侣，将各寺寄存涌泉寺的一部分银钱秘密运送到福州城里的大觉寺。还有若干僧人通知各里、甲长对贫困孤弱者登记造册，再由各里、甲叫些人陪里、甲长带登记簿册到大觉寺领取银资。领取银资中混有歹人，探知消息而去涌泉寺劫钱。但海月法师武功高强，歹人终究无法得手。

一日，广施、林良风将伙房之事做完后来到南少林后院喝茶说话。林良风问广施："师父，万福寺正觉授给盘锦手叶丰那招好生了得，会不会与南天孤雁掌有关？"这一说提醒了广施。广施啜了口茶说："是哦，正觉师父与贫僧交谊不浅，品正德昭，武林受到聚钱令威胁，想必他不会袖手旁观，不如再去拜访他，或许能打探到南天孤雁掌的消息。"

过了几天，广施、林良风又一路跋山涉水来到福清黄檗山万福寺。正觉让二人先歇息明日再说话。第二天叙茶时广施直接说了来意。正觉上回见过林良风，见其谈吐文雅、为人信实，印象良佳。正觉说："当年有一位法号寂性的僧人教了数十招掌法给贫僧。"林良风问:"会不会与南天孤雁掌有关?"正觉说:"南天孤雁掌是武林中的神话传说,应该无关。"停了停又说:"不过,寂性师父的功夫真是深不可测。"说这话时,正觉出神在想什么。

正觉接着说:都是缘分哪!那是近二十年前的事了。有一次贫僧应邀下山给一户人家诵经,快到山脚时见远处有一僧人向山上走来。但见其行走速度极快,却又见其突然间停住,旋即向上跳跃了几下,那跳跃之轻盈、之高从未见过。僧人跳起时,贫僧隐约看到他手中有物件向草丛中飞去。贫僧急忙加快脚步向那僧人走去,只见那僧人返身向山下疾走。贫僧心下生疑,连忙追过去,却见那僧人坐在石径旁的一块石头上,神情略有痛苦。贫僧问他有何事,是否需要贫僧帮助。那僧人看了贫僧一眼,脱下左脚的布鞋,脚背有一块青肿。原来南方太热,那僧人身着短裤,也未打绑腿,那青肿是毒蜈蚣所咬导致。贫僧问他可是毒蜈蚣所伤,那僧人点点头,看贫僧的眼神有点好奇,然后用手指指不远处的草丛,说毒蜈蚣被他用手中珠串击杀。贫僧急忙走去查看,果然看见草丛中有一条极大的七色蜈蚣,贫僧从未见过如此大的蜈蚣,而贫僧知道七色蜈蚣是蜈蚣中最毒的,几乎见血封喉、即刻毙命。显然那僧人封住了脉络穴道,暂时阻止了毒气上攻。贫僧又急忙回去捡起那串念珠给了僧人,并搀扶他。那僧人轻松单脚站起,对贫僧说:"阿弥陀佛,多谢师父!"贫僧听其口音是中原的,不知远道来此做甚。贫僧告诉他,七色蜈蚣极毒,如此大的蜈蚣贫僧也是头一次见,这七色蜈蚣只有福清一带才有,贫僧也曾被这种蜈蚣咬过,幸好寺内有一法师有治七色蜈蚣咬伤的祖传秘方,救了贫僧一命。

正觉停了停又继续说：贫僧到草丛中采了几枝半枝莲和几片野芋叶，揉碎挤出汁敷在那僧人脚背的青肿处，这也是那位法师所教的应急之法。贫僧欲背他去寺里寻法师，那僧人说不用背，让贫僧前面走，他在后单脚跳着跟行。走了一段，贫僧回头看其依然跳得十分轻松，知其武功极高。入寺后，那法师给了药丸让其服下，又换了外敷草药。第二天那僧人的肿痛就消了许多。

贫僧禀过方丈，让那僧人住几天待肿痛彻底消除再走。僧人告诉贫僧，他乃五台山显通寺僧人，法号寂性，因在北地有尘缘难以了断，才到南地来以专心向佛、永绝尘缘，言语中透出一股伤心之气。贫僧问他可曾联络确定寺庙法地，他说一路南来，拜访名寺高僧，只看何寺能结缘。贫僧见其相貌清奇，谈吐合度，便极力挽留。那寂性师父说，路过福清，慕名前来万福寺拜谒参佛，不想被毒虫所伤，若不是你们出手相救也就没了性命，也是缘分。这样，寂性就留了下来。

这寂性时常独往后山密林中参修武功。贫僧与寂性同住一屋，平素与他比较投缘、说得来。时日久了——其实也没有很长时间，也就一个多月，两人日渐熟悉、相知更深。寂性说，他是河南宁陵人，少时家里送他到河间府的沧州亲戚处学武，后又遇一高人授功夫给他。尚未出家时，有一次在宁陵家附近的集市里碰见三个痞子欺负一姑娘，那姑娘身手不弱，竟能以一敌三，打得那三人往集市另一头跑。姑娘追上去想继续教训那三人时，有一个卖卤羊头的中年男子举起刀对姑娘便刺。那三个痞子也返身而来，四人一齐向姑娘出招。其中一个痞子喊道："表兄！给她点厉害瞧瞧！"那姑娘以一敌四竟不落下风。

姑娘边打边向集市外退去，想是怕集市人多，误伤无辜。但斗了一会儿，毕竟以一敌四，且那中年男子身强力壮功夫也好，姑娘显得气力不支，便向一条小路退去。四人中有一人狞笑着说："想走，没那么容易！"

寂性当时便赶了过去，说："得饶人处且饶人，几位何必要对一个女子下死手呢？"那中年汉子愣了一愣对那三人说："算啦，咱走吧！"那三人中喊他表兄的那个说："这是什么人！关他什么事！表兄，难道你怕他不成？"那中年汉子受此一激，对寂性说："你若能赢我，我便放过她。"说着就用那切羊头的刀朝寂性刺来，其他三人也一并攻来，但他们实在不是寂性的对手，寂性出手之间便封了四人的穴道。但寂性念那壮汉也并非不知进退之人，只是受其表弟所激，一时糊涂，也就不为难他，解开四人的穴道放走他们。那姑娘上前向寂性致谢，因是走近，才看清那姑娘长得少有的清俊。寂性对姑娘说，你的功夫还是不够，遇上高手就危险了。姑娘告诉寂性，她姓田，名莲洁，是本地人，因从小体弱，伯父便教她武功以强身。后来体质渐强，伯父见她悟性高，便将武功倾囊相授，打破了武艺不传女的规矩。寂性说，你这功夫还是不行，我可以教你。寂性和她便约好每日清晨卯时在她家旁边的小山岗下教习武功，如此有了三个月工夫，那姑娘的武功有了很大长进。有一天寂性正在教田姑娘功夫，发觉远处有人走来，田姑娘说："是我爹来了。"只见一个中年男子走上前来一把拉住田姑娘就往回走。田姑娘说："爹，这位大哥姓魏，上回就是他救了我，我每天都来这儿跟他学武。"那中年男子一脸不满地说："你整天练什么功，快回去！明天媒人和对方父亲就要来啦！"寂性一听心底突然冰凉冰凉的。三个月朝夕相处，两人情感日笃，听闻她爹如此说心里悲凉。寂性回想起近几日田姑娘情绪似较不好，但顾着教她武功，没有特别在意。

后来听说男方是县城的富豪人家，男方父亲由媒婆带着来提亲时，带了金条等彩礼。原来田姑娘兄弟姐妹多，家里穷困，父亲见对方是富豪人家，自是满心欢喜，便满口应允。那媒婆是邻村的，知道田姑娘长得水灵漂亮，提亲前曾领着富豪儿子来悄悄看过田姑娘，富豪儿子满心喜爱，请媒婆一定帮忙。

田姑娘被她父亲叫走的第二天，寂性仍然准时到那小山岗旁，左等右等却不见田姑娘，知道她肯定受到父亲阻拦，寂性心灰意冷。第三天、第四天、第五天寂性依然来，但依然不见田姑娘。又过了几天，一打听才得知田姑娘已离家出走。田家上下也在四处找寻田姑娘。寂性肝肠寸断，心中祈愿田姑娘不要出事，也明白了田姑娘对自己的情感。那一段时间，寂性茶饭不思，感到花草无色，也就萌生了出家的念头。又听得田家所在村的村里人说，田姑娘的父亲得知她与寂性情深意笃，而他决意要将田姑娘嫁与那富豪儿子，便对田姑娘说，倘若田姑娘一定要嫁给寂性，他就死给田姑娘看。父命不可违，与寂性的情意又难舍，田姑娘就离家出走了。不久寂性也就到了显通寺出家。

寂性说，潜心念经、修武并未彻底断绝他对田姑娘的思念，每当夜深人静，便会想起二人在一起练功的种种情形，如今再也见不到田姑娘了，感到格外伤心。在显通寺过了两年多，有一年的四月初四，文殊菩萨生日，显通寺人山人海，寂性跟着方丈诵经时瞥见信众中有一张熟悉的面孔——正是日夜思念的田莲洁姑娘。寂性眨眨眼定睛再看,确实是田姑娘!当下心生一计,眉头一皱,脸上做痛苦状,手捂肚子,脚步向后挪动走出诵经阵列。一同诵经的都以为寂性肚子不舒服。寂性向信众中的田姑娘走去,田姑娘却移步离开,寂性急忙追去。田姑娘离开信众快步走向山门。因信众人多,寂性只得绕道追赶。寂性紧赶一程没有赶上田姑娘,不想离别两年多她的功夫长进如此之大。寂性再加快脚步,终于赶上她。寂性鼻子一酸,泪水不禁滴出,说:"我找你找得好苦!"田姑娘眼圈也泛红,愣了好一阵说:"我来……我来烧香。"寂性说:"你还好吧?"田姑娘点点头,终于问说:"你也还好?"寂性上前一步,情不自禁地拉着她的手说:"我们一齐走吧!"田姑娘神情痛苦,声音微颤,说:"父亲不愿我和你结合,以死威胁。"寂性说:"我们远走高飞,他不知道的。"田姑娘说:"不行!当初我不肯嫁与那富豪家,父亲气得不行,曾对我说,也绝不允许我嫁给你。他想以此来断绝我和你结合的念头,让我回心转意嫁入那富豪人家。他要我发毒誓不和你结合,我就发了毒誓,同时我也发了毒誓,誓不嫁那富豪家。父命不可违,父亲面前发过的誓只能遵守,我只好离家出走。魏大哥,你我今生无缘,但愿来世有缘,从此别过,唯愿珍重!"说完便向山下跑去。

寂性脑子一片空白,呆若木鸡,看着田姑娘渐行渐远,直到看不见还呆立在那儿。这之后的一两个月,寂性失魂落魄,茶饭无味,显通寺也成了寂性伤心地,因此寂性想离开此地,自感尘缘未断,有愧我佛,便向方丈忏悔。方丈说,你痴迷武功,本寺无人武功有你这么好,所以你也无法继续深造,少林寺离这里不远,不如你去少林拜师深造,沉浸武学,或能消解尘念。方丈还说，他武功浅陋但却与少林达摩院首座了悟心意相通；我内质淳净，慈念住心，了悟定然赏识。寂性说，方丈过奖，勉励之言小僧铭记。方丈说，我在本寺所为他皆知晓，如将褥垫给与瘦弱的云心，一旬少吃，将斋食分与生病的行正，虽然你默默行为，但老衲都知道啊。

寂性师父说，他就去了少林寺。稍住了些时日，少林寺达摩院首座对他说了一番话，他就到闽地来了。

寂性师父见贫僧喜欢武学，武功也有基础，也还有些学武的资质，平日就教贫僧些武功，严格说是点拨，并不是成套路地教。寂性说，这种武功并非所有人都可学，需要一定天分，但像我这样可以在原来武艺的基础上做些点拨从而提高，也可以学一些他的武功的简易招式。寂性师父说，与田姑娘认识的前几年，他遇到一位异人，教了他一些掌法，这掌法大开大合，很是难练。这位异人说，一直没有发现有能学此掌天资的人。那人说，掌法总共九层，先教三层给寂性，以后若有缘再教后面的。每一层初学时定式很严，但练熟后定式就不重要了；因开合大——当然每层的开合都不一样，初练时起承别扭、黏合不紧，练到后来起承黏合就越来越连绵顺畅，而且熟练后不时有心得出来，也就是时有新招创出。

由于了解日深，寂性也不再隐瞒，说是少林达摩院首座了悟建议他到南方，尤其是福建寻找南天孤雁掌，他要先到福州的各寺院寻找；如果没找到就再到漳泉一带寻找。

听了正觉的叙说，广施问："那寂性师父现在在哪里？"正觉说："寂性师父说去福州找南天孤雁掌就再也没见到，不觉也有五年多了。"林良风说："寂性师父说去找南天孤雁掌，那他就不是南天孤雁掌；不知那位教寂性师父武功的异人是不是南天孤雁掌？"正觉说："这就不知道了。"广施对正觉说："寂性师父既教您功夫，现如今武林有难，您得出手啊！"正觉面有难色，说："出手义不容辞，贫僧只怕救不了啊！寂性师父虽悉心教了些个招式与贫僧，怎奈贫僧慧根不足，稍难点的招式就无法学习，只学了些皮毛，对付江湖上所谓的高手应是够了，可要对付聚钱令完全没有胜算哪！"

六

　　武林有难，义不容辞。广施、林良风、正觉一起上路去寻找寂性。正觉说，当年鬼影剑曾杀害许多武林高手，腥风血雨弥漫扬州一带武林。据说鬼影剑被南天孤雁掌击杀，到扬州打探打探或许能发现什么线索。于是三人跋山涉水来到扬州城。住了两天，广施、正觉原来各自认识的几位旧好皆不知所踪，心中甚是伤感。偌大扬州城竟无一家像样的镖局；开着的三四家镖局，上去问话，里面的人全显得无精打采。第三天，三人悻然出城，打算到镇江找正觉的一位旧好打听些消息。三人刚出城，就见远处有两匹马一前一后疾驰而来，看样子，前面的在逃，后面的在追。眼见前面的即将入城，后面追的那人将手中长剑飞掷向逃的那人，长剑对着前面那人直飞而去，将长剑如飞镖般投掷，其力道之大匪夷所思。眼见长剑即将击中前面骑马之人，电光火石之间，长剑似被什么东西击中，在离前面那人两三尺远坠落，城门外好些看到这情形的人都大吃一惊。前面那人继续策马，手却从怀里掏出块东西，守城门的士兵看见那东西立马放那人入城。后面掷剑的壮年人下马朝一排摆摊的走去。林良风他们见那人对那些摆摊的说着什么,又见他突然出手瞬间击倒两个人。林良风他们急忙过去,只听见那人说:"你们快说出刚才掷石头的人是哪一个,否则你们都得死!"林良风他们明白了,原来壮年汉子认定把他长剑击落的石头是这群摆摊人里投出的。

此时旁边一个卖花生糖的十三四岁的少年说:"那石头是我扔的。"林良风他们大吃一惊:小小年纪,竟有此等武功!那人先是一愣,立马就出手连点少年的膻中、鸠尾、巨阙三穴;少年轻巧侧身避过。壮年汉子又点少年侧面的风池、肩井二穴,此番出手更快,少年"哟"的一声,一边闪身一边出招击壮年人的天鼎、巨骨二穴,出手既快又准。壮年人如不撤招抵挡,在点中少年风池、肩井穴时自己的天鼎、巨骨也将被少年点中。壮年人低喝一声:"好俊的功夫!"收手格挡,脚步却前移一步,右脚飞出直击少年的气海穴。这一脚不仅快而且力道大,林良风他们没想到用剑之人拳脚功夫也这么了得。眼看少年即将被踢中,危急之际林良风挥拳直击中年壮汉身柱、神道、灵台三穴,中年人若继续进击,则势必被林良风击中。那汉子感到强劲掌风袭来,迅速闪避,发出之招气力不到一半因闪避而无法用足全力,那少年趁机前跃躲过。林良风说:"欺负一个孩子算什么好汉!"汉子感到身后强劲掌风来袭,闪避时问:"什么人?"侧转身点林良风玉堂、紫宫二穴,很是凶猛。林良风自从普惠授予神厨手的武学图谱后便经常揣摩修炼,尤其在那"双手推磨""千斤拉面"的招法上大有长进。"双手推磨"其实是一正一反同时双手推磨,初练特别别扭,普惠当时对林良风说自己一练就岔气，所以就停住不练了。但林良风逐渐悟出了许多门道，武功已今非昔比，且已高于师父广施不少。林良风和那壮汉你来我往过了十来招，林良风渐渐占了上风，而且出招越来越得心应手，内力也比对方深厚绵长；壮汉开始显得左支右绌。情急之下只见壮汉后退七八步，右脚踩向一石头，内劲一使石头裂成数块；壮汉又用右脚将石块分别踢向林良风，飞石迅猛接连而至；壮汉趁林良风避闪的间隙几个箭步蹿向旁边的一匹马，跃上即走。上马时向林良风喊："咱后会有期！"林良风也想找匹马追，正觉制止说："穷寇莫追！"

那少年向林良风走来，作揖行礼，说："感谢好汉相助！有机会请到我主人家做客！"林良风问："你家主人是谁？住在哪里？"少年说："你们找到崖梅堂就可见到我家主人了。"说罢飞奔而去，轻功之高甚为罕见。

三人合计：暂时似也无处寻得南天孤雁掌的踪迹，不如再入扬州城。从方才那飞马入城的人的情形看那人也身手不凡，守城官兵见其所示之物即刻放行，表明其是官家的人，扬州城极可能有什么事要发生。

三人折返扬州城内，但一时并无头绪，只好先找了家客店住下，再计议如何打探消息。

却说被人追杀后急入扬州城的人叫于兴，是锦衣卫下南镇抚司的缇骑，此次奉诏入扬州城诛杀扬州知府赵保荣。明英宗时有一大官——都督同知曹钦是权倾一时的宦官曹吉祥的养子，曹钦、曹吉祥谋反被明英宗诛杀，两家的家人、族人皆被株连；曹钦有个侄儿却躲过了此劫，因这个侄儿做了一户姓赵的人家的养子，这人就是赵保荣。赵保荣欲报曹家被朱家诛杀的血仇，便勾结妖道李子龙、太监韦舍欲谋害宪宗。妖道李子龙被诛后，锦衣卫从其住所搜出他写给赵保荣的信，锦衣卫送给宪宗。宪宗下令锦衣卫派人持密诏飞驰扬州缉拿赵保荣，并在扬州府审讯让其写下供词后立诛。此事就只应限在锦衣卫知道，否则走漏风声、打草惊蛇，可能让赵保荣逃跑，故宪宗严令锦衣卫指挥使封锁消息，诛杀赵保荣之人也由锦衣卫派出。锦衣卫还派了二人与于兴一同前往扬州府，以便帮衬策应。哪知于兴三人将到扬州府时，半路里杀出一个壮汉，三人拼死抵抗，无奈对方武功太高，陪同于兴的两人被击杀；于兴比那两人武功要高，拼死逃跑，壮汉紧追不舍。眼看于兴即将入城，壮汉掷出长剑，于是便有了前面的那一幕。

扬州城内有锦衣卫的内应，锦衣卫已飞鸽传信告知内应。内应为扬州府同知蔡远顺、巡检丰应，两人都是锦衣卫的人。接到飞鸽传信后，丰应每天都到城墙上观察，少年和林良风与追杀于兴的壮汉打斗之时，丰应就在城墙上。见到林良风三人入城，丰应便在远处悄悄跟踪，见三人进入客栈，便急忙赶往蔡远顺处将所见之事报与蔡远顺。

于兴入城后就直奔同知府，与蔡远顺接上头后在同知府住了下来。不久丰应也前来，三人商议，明日待赵保荣在府署办公时由于兴出示诏书将其拿下，蔡远顺当即审讯。此事刚议定，丰应告知，有三个僧人入城，僧人中最年轻的那个打败了追杀于兴的壮汉，而壮汉掷向于兴的剑是被一个少年用石块击落的，但那少年的武功略逊于壮汉，所以年轻僧人出手相助。于兴因为顾着逃命无暇关注那些事，听丰应说了吃惊不小。于兴说："年轻的武功这么高，还有两个年长的想必武功更高，这三个僧人不知是敌是友。"丰应对于兴说:"与追杀你的人不是一伙的,这已肯定。"于兴对两位说,不知那壮汉为何要追杀自己,更不知道壮汉是何方人士。三人担心那壮汉极可能会再折回找寻于兴,而且城内是否有接应之人也不得而知,若是还有高手接应可就麻烦了。蔡远顺还担心那壮汉极可能为赵保荣的事而来,也就是说极可能阻止他们杀赵保荣,再有高手接应配合的话三人的命都不保。蔡远顺建议由丰应以查寻治安情况为名,于兴扮成差役跟随丰应去那三个僧人所住客栈探察探察,若查到他们与壮汉有仇,可顺势邀请他们明日到府署,在诛杀赵保荣时可防备壮汉来袭。

丰应为巡检,巡检的全称是巡检使,是协助知府、知县维护社会治安的小官,虽是九品,但也是朝廷命官。丰应便带上两个差役——其中一个是于兴,来到林良风三人住的客栈。敲门之后,店掌柜开了门,见是一身官服的巡检大人赶忙迎入。丰应问:"店里及附近进来可好?"掌柜答道:"回大人,都好。"丰应又问:"近来店里可有新来的客人?"掌柜回答:"前些时来了三位出家人。"丰应说:"在哪一间房?带本官去看看。"说话间楼上传来声音:"不必劳动大人上楼,我等下来。"只见三个僧人从楼上走了下来。丰应说:"官差令差,实属无奈,保一方平安实是下官职责,请三位师父宽谅。"正觉说:"哪里哪里,大人乃朝廷命官,福佑一方平安,造福百姓。"丰应说:"听口音师父是南方人?"正觉说:"正是,贫僧来自福清万福寺,这两位师父来自泉州南少林。"丰应说:"不知三位师父来此所为何事?"正觉说:"贫僧等欲北上少林寺,只是路过,路途遥远,借宝地一歇。"丰应见答得滴水不漏,无奈之下只好说:"不知三位师父可肯移步同知大人府上一歇，同知大人有事相询。"林良风等听此言皆心中一怔，不知此人意欲何为。丰应武功与于兴相差无几，也不弱。方才见三个从楼上下来步速之快，又几无声响，知道皆是高手，若是敌，自己必死无疑，不如搏一搏运气；自己这边与三个无仇，而三个或许与追杀于兴之人有隙，或可借三僧之手除掉追杀于兴之人。广施心里想的是：扬州城将有什么事要发生，或许可以探一探究竟，寻出更多消息，对寻找南天孤雁掌、聚钱令有用。

虽然于兴一身差役装束、头戴皂隶巾，尽量把头压低，但林良风三人何等眼力，从其身段姿势便认出此人便是今天被追杀而飞逃入城的人。正觉的想法和广施一样，正觉双手合十说："阿弥陀佛！只要我等力所能及，自当为大人效力。"丰应说："如此甚好！几位师父且随我来。"三人便和丰应等向同知府宅走去。一行人到了同知府宅，府里的下人迎了进去，刚刚进去便听得楼上传来一声闷哼，丰应喊一声："不好！"便与于兴拔脚飞奔上楼，只见有人从楼上纵身跳下。林良风等围了上去，丰应、于兴见状也急忙返身下楼。虽是夜晚，但月光朗亮，林良风等皆认出此人即是追杀于兴的壮汉。于兴喝问："你是何人？我与你无冤无仇，为何要下狠手？"那人并不回答，抽出长剑直击于兴。长剑势大力猛，于兴连忙边退避边抽刀格挡。那人接连出招，剑势凶猛且比较怪异，眼见于兴抵挡不住，林良风等上前相救。壮汉急退两步，冷笑着说："尔等以多打少，算什么好汉！"林良风说："那就让我再来会会你吧！"那人长剑一抖，揉身上前长剑直袭林良风天池、天泉二穴，林良风闪避；壮汉剑招一变，长剑又袭林良风天府、侠白、尺泽三穴。林良风心想：此人持剑又不一样。见其剑法高超怪异，林良风不敢丝毫懈怠，凝神应对，在侧蹲避其剑风的同时，使出"举面晒架""横展铺面"两招，掌风直扫对方廉泉、天突穴，紧接着又袭对方青灵、少海二穴。这两招先是广施教的，后又经普惠指教点拨，经过常年练习已经相当纯熟，掌风所对穴位精准、力道十足。壮汉举剑反削化解掌风，同时又迅速反削变正削，剑气即刻向林良风气海、关元穴袭来，剑法流畅。林良风一边用神厨手中的"端盆护身"护身化解，一边用"提锅翻炒"击出一拳，这拳刚猛迅捷。那人"哟"一声急闪，却并不慌乱，手中剑却侧斜点出，点击林良风鹰窗、乳中穴。正觉在旁喝问："鬼影剑？"壮汉嘿嘿一笑，口中说："算你识货！"那人与林良风你来我往继续缠斗，似乎谁也胜不了谁。但正觉看出招式上林良风更灵活些，那人内力也要略逊林良风；再斗下去林良风将胜出。

两人又斗了一会儿，壮汉突然手腕连续转动长剑对着林良风膻中、鸠尾、巨阙猛刺，而自己的门户也完全敞开，一副搏命之状。林良风若出击，势必也将被其击，只好侧身闪避其锋芒。壮汉手腕侧转剑锋又刺林良风肘髎、曲池二穴，脚步却飞奔向前，从林良风和于兴的间隙中冲出，几个踏蹬便跃上墙头，这几下极为神速。壮汉在墙头的瞬间回首甩臂，只见一道银光向于兴飞来，林良风挥出一掌将那银色物体击落。广施欲追，正觉说："罢了罢了，天黑，不知外头有没有接应。"其实刚才壮汉逃跑时，正觉、广施皆有机会出手，但以多欺少，胜之不武，也就未加阻止。于兴捡起地上的银色物件，月色下但见那物件一寸多宽，长三寸左右，为纯银打造，上有缠枝纹饰，中嵌一粒碧玉。丰应及林良风等皆不知是何物，于兴却认得这是西厂的标识物，便将其放于怀中。因刚才都专注于林良风与壮汉的打斗，到这下打斗结束才闻到一股血腥味，丰应说声不好便急忙上楼，其他人也一并跟着上楼。丰应推开蔡远顺的房门，众人只见蔡远顺脖子上有一抹剑痕，血水流了一地，人已气绝。恰在此时，院门被敲响，院外似有不少人。众人急忙下楼，家丁们也都出来了，打开门一看，是知府赵保荣的家人和家丁仆人。见到丰应，赵保荣夫人哭喊着："大人哪！老爷被杀了！同知大人可要为奴家做主啊！"丰应说："同知大人方才也遭不幸，被杀了！"

丰应等包括林良风三人又与赵保荣家人去了知府的府邸。丰应、于兴及林良风等进到知府宅院内，家丁已将赵保荣抬放在厅堂。丰应揭开被子一看，只见赵保荣脖子上也是一抹剑痕，与蔡远顺脖子上的剑痕如出一辙。一日之内知府、同知二位朝廷命官被杀可是惊天大事，丰应急命手下赶去通知扬州通判。不久通判也赶了来，通判决定连夜派人赴京上报朝廷。

待大体料理完，林良风等三个与丰应、于兴又回到所住客栈。坐定之后正觉问："前时大人叫我等往同知府所为何事？"丰应看了于兴一眼，于兴说："实不相瞒，知府赵保荣贪赃枉法，且犯上作乱，我奉诏来此诛除赵保荣，同知大人和巡检大人也已知晓诏令。我等三人商议明日知府办公时宣示圣旨，当堂拿下赵保荣，又恐那赵保荣有高手照应，所以来请三位师父相助。"广施问："大人如何知道贫僧等会武功？"丰应说："上午我在城门巡查时适见这位小师父与追杀于大人那人打斗。"于兴连忙站起对林良风作揖，说："多亏师父相救，谢师父救命之恩！"正觉说："可那人为何要杀赵保荣？"广施也皱着眉头说："是啊！"于兴也极为不解："我奉诏诛杀赵保荣，他若为此要杀我，可为何又将赵保荣杀了呢？"丰应说："曾经听说过鬼影剑，那汉子是鬼影剑吗？"正觉想：鬼影剑杀过不少江湖高手，听说后来败于南天孤雁掌，从刚才看武功还稍逊于林良风，怎么可能是鬼影剑？这丰应真是寡闻少见。丰应问："那少年为何不与你们一起？"正觉说："贫僧等对那少年也不熟悉，也不知他为何出手救这位大人。"于兴说："都是武林中人，我叫于兴，虽在锦衣卫供职，但起码的是非正义还是分得清的。"丰应说："已经很晚了，就此别过三位师父，后会有期！"

丰应、于兴走后已经半夜了。林良风三人也累了，倒头便睡，这一觉一直睡到艳阳高照，三人下楼各要了一碗素浇面，狼吞虎咽地吃完时，辰时将尽。只听远处有马蹄声传来，越来越近，不一会儿就来到店外，又突然止住。丰应、于兴走了进来。于兴抱拳说："犯上作乱的大贪官赵保荣已死，我回朝复命，丰大人要送我到城门，刚好路过此处，进来向三位师父道别，再谢相救之恩！日后有可效命处尽管吩咐。"林良风正要叫小二倒水，让两人坐下，又有一阵马蹄声从稍远处而来，马蹄声渐响渐近，到了客栈门口停住了。昨日被林良风打败的壮汉与一个满脸虬须的高瘦老头走了进来，老头须发花白，腰间挂着一柄很宽很短的剑。那汉子说："哈！竟然全碰上了。"又转头对那老头说："师父，就是这伙人。"丰应想：难道鬼影剑还有师父？或者这老头才是真正的鬼影剑？

只见老头袖子一拂，桌上筷子筒中的几根筷子飞向了于兴。广施了解于兴的功夫，连忙拍出两掌把飞向于兴的筷子拍落。

因为几根筷子是分两次先后飞向于兴的,所以广施先后拍出了两掌。瘦高老头冷笑着说:"功夫还不错!"右脚对着一张凳子轻铲,凳子横着向广施飞撞去,横飞的凳子速度竟像一根直飞的棍子一样快。广施一看丝毫不敢大意,一个旋身避过;因凳子来势凶猛,也不敢用手接。那壮汉说:"屋内太窄,到屋外比比高低!"林良风三人听了觉得正合心意,他们正担心将客栈物件毁坏给店家增添麻烦。壮汉转身跃出门外,老头却面向林良风他们后退着跃出。林良风三人及丰应、于兴也都跟着出来。老头嘿嘿一笑说:"我徒儿说这个年轻和尚功夫厉害,倒让老夫看看厉害到什么地步!"

话音刚落,老头的熟铜剑便刺向林良风。林良风霎时感到一股锐利的剑气袭来,急忙使出神厨手中的一掌招式化解。哪知剑气穿越掌风继续朝林良风袭来,虽然剑气有所减弱,但被击中也足以致命,林良风急使"千斤拉面"推挡并还击。老头低喝一声:"好招法!"剑势急收似要撤回攻势,却又转腕削出。林良风的"千斤拉面"一时迫使老头撤招,但老头却在瞬间化去林良风的招式,继而即刻进攻,剑势更加凌厉,内力招式远超林良风。眼看林良风岌岌可危,广施、正觉同时出手;老头左手格挡两人来招,右手之剑却并不停下继续刺向林良风。但广施、正觉是用了狠力,老头不得不分力格挡,右手剑势虽然不停但力道却减弱了许多。这一减弱,林良风就有了抵挡并退却的余地,并且在纵跳闪退之后迅即返身与广施、正觉联手对付老头。广施一招"架柴烧火",拳风直袭老头膻中、鸠尾二穴;林良风一招"端盘上菜",指气直袭老头上脘、建里二穴;正觉一招"似退实进"掌风直取老头紫宫、膻中穴。老头五道大穴被袭，其中膻中穴被叠加袭击，尤其正觉的掌风劲雄刚猛，但老头丝毫没有慌乱，口中说："好久没有遇到如此好的功夫！"身形斜侧，手中短剑先斜削广施，再正刺林良风，速度快、力道足，广施、林良风不得不闪避，老头乘机用剑刺向正觉，伸缩之间，连点正觉廉泉、璇玑、紫宫、膻中四道大穴，剑风之劲让正觉感到很是促迫，虽然凝神避闪，还是显得狼狈。另一边，壮汉与丰应、于兴斗了起来。

　　林良风、广施见正觉不妙，急忙攻向老头；这次两人都用了更为厉害的招式，内力也发得更猛。老头左手挥掌挡住林良风的招式，右手短剑一挥卸去广施招式的劲道，短剑继续向正觉刺去，招式力道比方才击向正觉的又凶猛了几分。老头看出三个中正觉内力最为深厚，似乎打定主意要先击败正觉。恰好正觉双掌正向老头拍来，这一拍也比刚才加了不少力；但老头的短剑晃了一晃便消解了正觉击来之力，剑势依然劲疾地奔正觉而去，正觉浑身被剑气笼罩，顿时窘迫异常，使出最大力气闪避，但还是被剑气拂到肩井穴，正觉"啊"的一声向远处就地十八滚。林良风见到正觉危险，知道三人联合也非老头的对手，见到有一辆推车就在旁边，车上满是干土，急中生智，左掌对着干土拍去，土堆裂开，右手迅速抓起一大块干土块朝老头猛掷过去，左掌迅速对着干土拍击，顿时土块四散、尘土弥漫；林良风连续掷出第二块、第三块，也是迅速拍击干土，一时尘雾更大。旁边丰应见状说了一声："先走再说！"和于兴向一个方向奔走，林良风三个见状也急忙跟上，丰应领头，其他四个紧随、提气疾奔。老头和壮汉因尘土弥漫难以看清，想追但终究慢了一个节拍。丰应因是巡检，对街巷极为熟悉，七转八弯,很快将追的两人甩远。

丰应估摸对方一时跟不上,说:"前面有一座宅院无人居住,我等暂且进去避一避。"五个没奔几步,丰应跃上一墙头向众人招招手,其他四人也跃上并跟随丰应跳入院中。原来院落是一个富豪的,这个富豪因做生意长期带着家人在外地,两三年才回来一次,将近年关到家,过了年又走了。他与丰应关系甚好,每次要回来前会传信给丰应,丰应便会找人打扫院落、擦洗房间物什。丰应带着四人推开一间屋门,五个人刚刚坐下,便听得有马蹄声从远处来,五人的心顿时提了上来,都在想是否那两人追来。不一会儿,马蹄声越来越近;再一会儿,一阵急促的马蹄声经过院子外,听声音是两匹马。随着马蹄声渐渐远去,五个人的心才放了下来。

七

此时正觉感到半身微微酸麻,说:"此人不知什么来路,真是个厉害角色,难道真是鬼影剑?"广施说:"不是说鬼影剑已被南天孤雁掌灭了吗?"丰应说:"我在扬州多年,时不时听到传闻,都说鬼影剑被南天孤雁掌打败;只有一人说鬼影剑并非败于南天孤雁掌。"林良风问:"谁说的?"丰应说:"是城里一个老叫花说的,那老叫花疯疯癫癫,经常乱说一气,他的话不作数的。"丰应沉吟了一下又说:"老叫花功夫极高,是个高手啊!"正觉说:"说说看、说说看。"丰应便说了一桩往事。

三年前的一天,城东的一块空地上有人搭台说评话,台下有一群人在听,其中就有那个老叫花。那天丰应在朋友处吃完饭,走的时候朋友送了一瓮高邮产的五加皮酒。丰应回家刚好经过城东那说书的空地,见人多丰应就过去查看。那说评话的正说得眉飞色舞,说的是过去扬州一位武侠如何护民、扶弱抑强的故事。讲得兴起,醒木一拍,说:"扬州就是块福地,前些年有一位叫南天孤雁掌的大侠打走了祸害这一带武林的鬼影剑,保护了武林正义人士……"老叫花就在丰应近旁,只听他骂了句:"胡说!"丰应忙过去问他:"老头,难道这说书的乱说?"老叫花嘿嘿一笑,眼睛盯着丰应手里的酒瓮说:"你想知道真相?"丰应忙把他拉到一旁说:"老头,说出真相,我给你银子。"老叫花说:"不要银子、不要银子。你把这瓮酒给我,我就告诉你实情。"丰应就把酒瓮递给他,他揭开瓮塞举瓮就向口里倒,喝了几口,说:"看你是个干脆豪爽的人,那就告诉你吧,那鬼影剑不是南天孤雁掌打败的,是崖梅堂主之一'青苗'打败的。"

林良风三人心中暗惊:那天那位少年不是说他的主人是崖梅堂的吗?于兴见三人神色有异,忙问:"三位师父认识崖梅堂主?"正觉说:"不认识。那天用石头击落长剑解了于大人危机的少年说他的主人是崖梅堂的。"广施对丰应说:"后来如何,请接着说。"丰应就又接着说。

丰应问老叫花:"你是如何知道不是南天孤雁掌打败鬼影剑的?"老叫花不耐烦地说:"信不信由你,我说的就是真的!"说着又举瓮喝酒。那一瓮酒足有三十多斤,丰应看老叫花像喝水似的,心想此人不简单,便伸手去夺那酒瓮。老叫花轻轻一闪,还是举瓮喝酒,说:"已经送人的东西如何又想拿回?"丰应上前使足劲再夺酒瓮,老叫花一手拿瓮,另一手将丰应伸过来的手一拨。丰应说,只一拨,他顿感手臂酸麻,而且一股力道传到他身上,让他倒退了好几步。丰应知道遇到高手了,待脚步稳下,作揖道:"老人家,怪我有眼无珠,请告知到底怎么回事。"老叫花说:"你武功稀疏,打听那么多干什么?与你何干?鬼影剑已经败走,就是再遇到,你躲远点也伤不到你身家性命。"老叫花不肯说,丰应也无奈。过了月余,丰应又得一坛好酒,想再送给老叫花,再试着问问他,去寻时已不见踪影,问了些人,也没人知道他去了哪里。

四人听丰应说完,沉默了一会儿。林良风说:"鬼影剑被南天孤雁掌打败的事看来有蹊跷。"正觉说:"不知能否找到崖梅堂主,如能找到,一则感谢他打败鬼影剑,为武林驱害;二则也感谢其小仆人救了于大人一命。"但正觉心里真正在寻思的是南天孤雁掌到底怎么回事。林良风说:"城里有没有丐帮?去问问丐帮的头领或许知道老叫花的下落。"丰应说:"城里有乞丐群,但没有结成帮,倒有一个比较有威信的人物,去问问他或许有线索。"五个商议了一番,估计那壮汉和他的瘦高师父应已不在城内,便出了院子,由丰应带着去找乞丐中那位比较有威信的。丰应是熟门熟路,很快就找到那个乞丐。那乞丐一见丰应就忙不迭下跪磕头。巡检虽是九品官,但是是管治安的,要为难乞丐的手段多得很,所以那乞丐对丰应不敢有丝毫怠慢。丰应问那乞丐:"你可知道原来常在城东的那个老叫花到哪里去了?"那乞丐说:"他去镇江府了。老叫花走时对我说,如果扬州城乞丐受人欺负,可到丹徒县城找他。"丰应说:"这么说你们都知道老叫花武功了得?"乞丐说:"了得说不上,但知道他有功夫,我等不会功夫,所以也不知老叫花功夫到底如何。"

丰应对四人说："丹徒县城不大，官府里我有熟人，去找的话应该很容易找到，事不宜迟。"五人商议后决定第二天清早就出发去丹徒。

第二天五人起了个大早。皆是能武之人，脚力雄健，当天暮色刚降临就进入丹徒城中。丰应找到府衙的熟人帮忙安排了住宿，还请熟人去买了一瓮上好的琼花露酒准备送给老叫花。次日早上，五人吃完早饭在丰应府衙熟人的带领下很顺利就找到了老叫花。老叫花看上去年近七旬，胡子花白拉杂，一眼就认出丰应，高兴地说："又送酒来啦？太好了！太好了！"丰应连忙将酒递过去，说："老人家，有事想向您打听。"老叫花问："何事？"丰应说："我几个想拜见您上回说的青苗先生。"老叫花哈哈一笑说："找青苗？向他学艺还是挑战？还是叫他帮助打架？"丰应一时不知如何回答。林良风说："为了武林正义。"老叫花又哈哈大笑，说："正义？凭你们几个就想伸张正义？打赢了就是正义，打输了就是不正义。既然你们这么远跑来，还带了好酒，这么有诚意，我就带你们去吧！"五人没想到会如此顺利。老叫花看了丰应一眼，说："你还是把官服换了吧，那位青苗先生见了官服会讨厌的。"

丰应告诉老叫花，于兴在京城府衙当听差，是自己的老朋友。丰应又让林良风三人介绍了自己。广施觉得老叫花为人爽气，整日与乞丐为伍，应是对底层有同情心之人，按丰应说武功很高，却未听说老叫花做什么不好的事，于是就如实说了自己和林良风的身份。正觉见广施如实说，便也如实说了自己的身份。

一行人跟着老叫花向丹徒城外走去。走了二十几里路，见到一座村落，老叫花便带着大家向那村落走去。到了村中，见到些个白墙黛瓦、院墙高大的宅院，老叫花走向一座宅院。老叫花扣响铜门环，院子里传出狗吠声，不一会儿，便有一个书童出来开门，林良风三人眼睛均一亮：这不正是飞石击落壮汉长剑的少年吗？少年也对林良风颔首微笑。书童问："几位要找谁？"老叫花说："要找青苗先生。"书童说："你与青苗先生相熟？"老叫花说："熟悉、熟悉！快去叫他出来！"这时听得一阵急促的脚步声，见得一个中年仆人来到门口说："青苗先生不在！"老叫花脸一沉说："他去哪里了？我等进去等他。"仆人说："没这么快回来，你们还是走吧！"边说边要关门。老叫花用手把门推开说："那我等就多等他一会儿！"仆人有些恼怒地说："以后再来吧！"用力关门，老叫花又把门往里推，仆人见关不上便使足气力，但老叫花推着还是关不上。少年见状也上来帮忙关门，还是关不上。仆人因用力过度脸色通红，只好说："那几位在前厅稍坐，待我去通报管家先生。"仆人带着一行人到前厅坐下，再往里走去，不一会儿，一个年过半百，穿着蓝布长衫，腰背微驼，左手僵直的人和仆人一起走了出来。

老叫花见了站了起来抱拳说："马管家，许久不见！"这个马管家说："久违了，仙丐都还好？"老叫花说："酒肉吃得不舒服，今天路过，来青苗先生府上讨点酒肉吃。"马管家说："坐下说、坐下说。"老叫花和马管家都坐了下来。马管家吩咐仆人去端茶，然后说："喝酒吃肉怎么还叫了这么多人来？我家主人可受不了这么打秋风。"老叫花说："马管家说的哪里话，这三位师父可不能喝酒吃肉。"此时仆人端来茶水。那仆人端着个大茶盘，茶盘上放着把大茶壶和六只杯子，杯子里已经斟满了茶水,他单手托着,走得极为轻快,茶杯里的茶水点滴不洒出,杯子是用食指和中指轻轻一钳杯身放到茶几上,杯里的水不见丝毫晃动。这功夫广施几个看了暗自赞叹不已。

众人喝了两口那仆人端上来的龙井,马管家突然说:"哎呀,仙丐年纪大了,要个小凳子放放脚舒服,你看我给疏忽了。"说着坐在椅子上举脚把脚下的一张小凳子踢到老叫花坐的椅子旁,力道拿捏得恰到好处。老叫花把脚跷放到凳子上,笑着说:"谢马管家!"刚说完,马管家起身走向老叫花身前,眼睛向下看着说:"这小凳子的脚有点歪,这地砖怎么有点开裂?"边说边稍稍抬脚微跺了一下,只见他跺的地砖裂开几条大缝,挨着裂开那块他并未跺过的小凳子上面的地砖也裂开了两条细缝。这等功夫让林良风三人和丰应、于兴吃惊不小。而老叫花仿佛没看见一样,眯着眼看着茶杯喝茶。马管家说:"仙丐的这张小凳子凳脚歪了,换一张吧!"说着就用右脚去拨老叫花放脚的小凳子。老叫花说:"不必不必,不碍事!"边说边抬右脚挡住马管家的脚,人却依然坐在椅子上。马管家说:"还是换了比较好!"脚变了花样再拨小凳子,老叫花又用右脚挡住。一个要拨,一个不让动,双方你来我往二三十下,而老叫花始终坐着,而且这过程中还安闲地喝了几回茶。马管家突然停下,高声说:"仙丐好功夫!在下服输!"接着又说:"刚才堂主在小睡,怕惊扰堂主,我等才说堂主外出不在。"后面突然传来了声音:"这会儿睡醒了!来了什么贵客?"说话间走出一个看上去花甲刚过的男子,眉清目秀,留着短髯,穿着柳碧色绸缎长衫,身后跟着那个书童。这男子一见老叫花,便抱拳作揖说:"仙丐许久不见!今日怎么有闲到陋宅?"老叫花连忙站起,抱拳拱了拱手说:"青苗先生越来越风采了！这两位朋友和这三位师父非常想见先生,老夫就带他们来了。"男子微笑着说:"此处狭小,不如到后院喝茶说话。"

众人便跟着男子和书童向后院走去。后院三十来丈见方,花木扶疏,银杏、槐树、桂花皆有,但最多的是梅树,红、黄、白的蜡梅粲然开放,煞是好看。院子中有三张石桌,桌旁各有数个石凳。四周的墙上画着些画,笔墨极淡极淡,要非常仔细看才能看出,有的即便仔细看也还看不出。院中环境雅致清幽,令人神怡气爽。众人这才回想起前厅挂了不少画,只是笔墨极淡,没有特别注意。厅堂的柱子上有一副写在红纸上再贴上去的楹联,墨色也是极淡极淡,因都专注于老叫花和马管家过招,除了林良风,都没去注意。林良风刚才仔细看,看到楹联所书是:"迎秋日色檐前见,入夜钟声竹外闻。"一伙人围着一张较大的石桌坐下后,短髯男子让书童泡了壶上好的碧螺春上来。老叫花分别介绍了几位,对于丰应和于兴,老叫花说都在府衙当小听差,是自己的朋友,短髯男子笑着对老乞丐说:"讨乞的勾结府衙的人,莫非你有事要求这两个当官的?"丰应、于兴慌忙解释说自己只是为混口饭当了听差,不是什么官。当听说广施、林良风受业于少林普惠时,短髯男子说:"普惠师父艺高德昭,一身正气名闻江湖。"老叫花说:"武林近来被聚钱令闹得不太平,那鬼影剑为祸武林时也偶有打出聚钱令的旗号,也听命于聚钱令。几位听我说鬼影剑败于你青苗先生之手,非要我带着来拜会你。"短髯男子一听,神色大变,一脸恼怒说:"你这个叫花子怎么胡说八道,鬼影剑是败于南天孤雁掌寂性之手,不是我!"正觉脱口而出问:"寂性师父是南天孤雁掌?"短髯男子问正觉:"你认识寂性?"正觉点点头。

老叫花见短髯男子不高兴,连忙转了个话题,说:"喝了一通茶,天色也不早了,肚子饿了,准备吃饭吧?二堂主,有话边吃边说。"短髯男子点点头,吩咐仆人去备饭。林良风心中吃惊不小:那些笔墨淡得几乎看不见的画恐怕不是"青苗"而是"轻描"画的;"二堂主"——说明还有"大堂主",二堂主是轻描——那楹联上淡得几乎看不见的字——大堂主就是"淡写"了!

不一会儿,仆人带着两位厨子陆续端来菜肴。短髯男子和老叫花、丰应、于兴一桌;马管家和林良风三人一桌。老叫花那桌有五香肘子、河蟹……林良风的这一桌全是素菜,但也不错,有红烧面筋、炒花菇、素油炒花生、素油爆杏仁等。仆人和厨子抬了三坛酒来,短髯男子说:"这酒都有年数啦,从酒窖里拿出的,贵客来了才拿出来,今天仙丐来了我就陪仙丐喝几杯。"停了停,短髯男子又说:"仙丐年纪比我大,年长为尊,我就先敬仙丐吧!"说毕端起一坛酒往老叫花推去。一坛酒足有六七十斤,竟平平地快速飞向老叫花,那老叫花单手一揽抱在怀里;短髯男子又端起一坛酒继续推向老叫花,老叫花连忙把怀里的酒放地上,又接过飞来的酒坛。第二坛酒飞来的速度比第一坛要快,老叫花接的时候略有旋动身体。林良风三人和丰应、于兴心中都在惊叹两人的功夫。短髯男子说:"仙丐了不得!"伸脚用脚背往第三个酒坛下一插,酒坛被他左脚的脚背托起,只见他左脚抽开又迅速一踢,第三坛酒又朝老叫花飞去。这更让林良风等吃惊:这一踢力道要极大,但坛子又不能破,分寸要拿捏得恰好。老叫花的第二坛酒尚未放稳,第三坛已飞来，其势更快，老叫花见状只好往地上一躺，举双脚托接酒坛。这接的也恰到好处，而且难度极大。老叫花又用单手将酒坛置于地上，起身走到旁边一张石桌旁，端起一杯茶——因上菜前仆人把茶壶、茶杯放到另一张桌子上，说："你这轻描还没喝酒就糊涂了，把酒都给我你喝什么？快喝杯茶清醒清醒！"边说边用另一只手的手指对着茶杯平扫，茶杯旋转着朝短髯男子飞了过去；虽说杯子里的水不是很满，但要点滴不溅出，那功夫也非同凡响，对内力要求极高。短髯男子对着飞来的茶杯用两根手指一托托住，茶杯稳稳地停在了手指上，再往口里一送，一杯茶就喝了下去。这一招在林良风等看来简直是匪夷所思。接住这茶杯比弹扫出来不知要难多少，要让飞来的茶杯停在两根手指上而且滴水不洒出，这收停的内力极度高超，这内力如以寸劲发出，对手将有灭顶之灾。

老叫花叹了口气说："几年不见，轻描先生功夫提高如此之快，老夫不如。佩服！佩服！"短髯男子微笑着说："仙丐承让了！"老叫花说："怎么不见大堂主淡写先生？""是啊！轻描已现，淡写未出。"林良风心里想。轻描说："我大哥有点事外出，今晚会回来，但估计会比较晚。仙丐如想见我大哥可与各位歇一晚，明日中饭可到我大哥的饭厅或院子里用餐。"轻描转头问正觉说："刚才这位师父说认得南天孤雁掌寂性师父，南天孤雁掌是北方人，这位师父是南方人，能否告诉在下是如何认识的？"正觉心急着要知道寂性的下落，便将如何认识寂性说了一遍。短髯男子听完，说："你说寂性师父曾授予你简易招式，可否使一两招让在下看看？"正觉听了，明白轻描对自己所说还是不十分相信，反正轻描的功夫远远高于自己，当即就比画了正觉所教的几招。轻描点了点头说:"是有寂性的意味。"林良风想,绘画讲意味,轻描把绘画用语都用上来啦。正觉说:"那先生可以告知寂性师父在哪里了吧?"轻描说:"南天孤雁掌像神一般,来去踪影难寻,在下也不知道他现在在哪里。"正觉说:"那先生可否说说是如何与南天孤雁掌相识的?"轻描说:"现在不可以说,按佛家说法是机缘未到,机缘到了自然会说。"轻描让书童带几位去休息。于兴向书童抱拳说:"谢过这位小哥,救了在下一命!"童子说:"不是我,是管家马先生。"林良风心里一直有疑虑,能飞石击落飞去的长剑,这内力应该相当深厚,怎么与壮汉打起来书童还稍落下风,这下明白了。于兴向马管家道谢说:"那天多亏马先生出手相救!"马管家说:"我离得稍远,正要过去,这位师父已经出招。"

第二天午时,吃中饭时间到了——这中饭是有钱人家才有的,苏杭一带叫"吃宴",平常人家一日只吃两餐。仆人带着几位来到后院打开通往隔壁院子的木门,进入隔壁院子,但见院子大小与轻描的院子相仿,有各种花木,但最多的也是梅花。院子里也摆放着三张石桌,只是有一张是方桌,而且比较大。两张圆桌上已摆好菜肴,也是一桌荤,一桌素。荤菜那边多了盘红烧河鱼,素菜这边多了盘咸菜炒青豆。摆荤菜的石桌上坐着一个身穿深灰色绸缎长衫的男子,看上去比轻描要年长几岁,留着整齐的一字髭须,与轻描长得很像,林良风等想,这应该就是淡写了。轻描则坐在放素菜的桌子上,兄弟二人分别陪同客人,因昨日轻描已陪过老叫花,今日陪同林良风等三个也在情理之中。淡写见老叫花他们进来便站了起来说:"仙丐许久未见,欢迎仙丐及诸位光临鄙宅。"老叫花也连忙作揖还礼。

坐下后，老叫花说："功夫昨日已比过，老夫还是不如轻描先生，淡写先生功夫更要稍高，所以今日只是看望先生说说闲话。"众人心想这老叫花倒也直爽。"但先生要是露一两手让我等见识见识，倒也是我等的福分。"老叫花哈哈一笑说。淡写说："先喝酒、先喝酒。"只见两个仆人抬着一大坛酒过来，那酒坛看上去足有百二十斤。淡写说："这是十年陈的琼花露。"边说边拆了酒坛的封口，用右手拇指、食指、中指捏住酒坛沿口，一坛酒便轻轻举起，先往老叫花酒杯里倒满一杯，再依次倒给丰应、于兴，最后给自己酒杯倒满，然后把酒坛往地上轻轻一放，说："先干为敬，在下先喝三杯。"喝完又抓起酒坛倒满喝掉，再倒满再喝掉，然后说："几位光临鄙宅也算看得起我兄弟俩，也请先干三杯再吃菜。"老叫花等喝了三杯酒后，淡写招呼众人吃菜，再是不停敬酒，大有非要把这坛酒喝完的架势。

老叫花内力深厚，酒量也好；丰应酒量也不错；于兴酒量不好，喝了数杯就不胜酒力，只得用内力逼出酒气，手指滴滴答答出水。老叫花说："喝了如许多的酒，诸位兴致都好，先生能否写几个字让我等开开眼界？"淡写微微一笑说："既然诸位有兴趣，那我就写几个字吧！"有一个与轻描的书童年纪相仿的书童拿了一支精钢打造的笔，精钢笔三尺略长，仆人又搬来一块平整的石板放于方石桌上。淡写用笔在石板上写了"闲云别院通"五个一尺见方的字。五个字一气呵成，速度很快，不连笔，有魏碑气格；字写得比较浅，入石半寸不到，稍微有些石粉。老叫花、广施、正觉见过高手用铁笔在石头上写字，入石比淡写的要深，但石粉飞扬，速度与淡写比起来要慢多了，而且不要说没有字体，字也歪歪扭扭，笔画粗细不一，极为难看。

与淡写写得如此快、如此整齐美观比，功夫简直是霄壤之别。大家想：肯定是因为号称"淡写"，所以才写得浅。

淡写写完似乎微微有点气喘，应是耗了相当的内力，这份功夫比开碑裂石要难多了。书童送上布巾，淡写将额上微汗擦去，又叫众人入座，对老叫花说："我兄弟俩住在荒村僻宅，就是图个清静；虽是荒村僻宅但也不可说来就来，仙丐来自然欢迎，但也应事先打个招呼。"此话明显对老叫花不请自来不满。老叫花想：当时仆人说轻描不在恐也是因自己未打招呼带了一堆人来而不高兴才让仆人如此说的，以轻描的武功早应听出有几个人来。老叫花说："恕我考虑不周，失礼了，两位见谅！但事先招呼无从打起，尊宅所在老夫从未向其他人说过。几位心系武林大义，急着要打听南天孤雁掌的情况，尤其是这位正觉师父与南天孤雁掌交情颇深，更是心急。二则，老夫久未见故人，也想来看望看望。"淡写说："仙丐说的也在情理。我兄弟俩两耳不闻窗外事，脱离江湖久了，能否说说近来江湖都有哪些值得听的事？"老叫花说："江湖被聚钱令搅得不宁静啊！这已经有一段时间了，当年一些武林人士被鬼影剑所杀，鬼影剑有时就是打着聚钱令的旗号，二位难道真的不知道？或者是揣着明白装糊涂？"轻描说："当年确有听说鬼影剑打着聚钱令的旗号杀人，以为他故弄玄虚也就没在意。他以聚钱令名号所杀者多是护卫巨贾豪商的武林人士。"老叫花说："没料到轻描先生也说这种话。聚钱令劫富而未济贫，况且为富者大多并非不仁，为富者大多勤勉忙碌，心怀仁义。"淡写哈哈大笑说："此话从你老叫花口里说出实属不易！"老叫花说："现在可否说说鬼影剑被打败到底是怎么回事？"轻描说："似乎机缘已到。老叫花应是对诸位说了什么吧？你这叫花子啊，年纪一大把却没管好嘴巴。我可以对诸位说，可诸位要发誓不可对其他人说，更不可说寂性师父的任何不是。"几个都纷纷发誓，包括老叫花。

淡写眼睛看着远处，仿佛神往地说："那寂性师父可真是神僧哪！那德行、悟性真是无人能及。"接着叙说了一桩往事。

两年多前，我兄长的书童和我的书童一起到扬州城买东西——主要是笔、墨、丹砂、宣纸，碰见有一伙人打砸一家店铺，那店铺的掌柜、伙计皆下跪哀求，这伙人却依然不依不饶。两位书童上前阻止，那伙人中竟有人拔刀相向，结果一伙人被两位书童打得狼狈而逃。但很快就领了一个人折回，这人叫白融风，是鬼影剑的高足，两位书童斗不过白融风，正危急之际，寂性师父路过出手救了两个书童，还护送两位书童到本堂。我和兄长自是感激不尽，便留其小住几日。不想相互一试发现棋逢对手，相互都非常高兴，便每日切磋武功。不想寂性师父文墨也极通，对我的画、我兄长的字也评得头头是道。寂性师父悟性极好，品行端正，与其切磋武艺实是一件快事。不想仙丐传信给家仆说扬州城数家名镖局、城周边三大正义门派皆遭鬼影剑屠戮。原因是鬼影剑因找不着打伤白融风之人，又听白融风说伤他的人武功奇高，留下名号说是南天孤雁掌，便杀戮名镖局和正义门派的人以逼南天孤雁掌现身，并说如果不现身还要再杀人。寂性师父听我说了此事，说："看来我得会会鬼影剑，事由贫僧起还由贫僧了吧！"我兄弟说："佛门有好生之德，师父救下两位童子。此事由本堂童子所起，灭除此鬼理应由我兄弟出面。"寂性师父说："且等二位先生与贫僧将剩余几招探究完再说，明日即可结束。"说完此话的第二天，我等接着昨日的招数继续探究。我用了一招"高空坠石"，寂性师父使出了一招事后他说的"雁阵惊寒"，当时我感到压力巨大，颇有手足无措之感，但是他起先连击我廉泉、天突、璇玑、华盖、紫宫、玉堂、膻中七道大穴，但最后却是期门穴被其掌风拂到，微感疼痛。寂性师父却突然脸色发青，呕出一口鲜血。我二人急忙搀扶其坐下，吩咐厨子熬了一碗沙参红枣桂圆汤让其服下。寂性师父静坐运气调息一些时间后说："实不相瞒，师父所教的南天孤雁掌，因贫僧悟性不够运气有误，导致岔气伤了心脉。加之佛法未修到家，好胜心切，强行运气，方法又不对，焉能不败！"我说："败的是在下，刚才若非师父强行收力，手下留情，在下恐已非死即残。师父之伤与刚才强行收功也有关。"寂性师父说："先生明察秋毫，虽不能说与收力无关，但主要还是贫僧悟性不够、火候未到。贫僧心脉虽有小恙，但对付鬼影剑应还是可以。"见寂性师父说得坚决，我只好下跪说："南天孤雁掌还需传人接续，寂性师父如还看得起在下，就让在下代为应战，在下定不折损南天孤雁掌的声名。如若不允，在下将剁指请允，剁至一手指头全光，直至师父应允！"寂性师父只好答应。

鬼影剑四下散传战书约南天孤雁掌在北固山后峰一决胜负。老叫花插嘴说："对！是老夫让人将战书送到崖梅堂的。"

淡写又接着叙说。

看了战书，我兄弟二人与寂性师父商量后写了应战书让仆人交给仙丐，由他设法传开，那鬼影剑也一定能得知。我与寂性师父交换了些招式，寂性师父教我教得格外用心。尤其那招"鸿雁长飞"解说得分外细致，这一招含有七种变化，我在寂性师父面前演练了好几遍，寂性师父一一指点，寂性师父还称赞我悟性高。几天后，我削发剃须易容并换上僧衣去了北固山后峰。那天，来了许多武林人士。毕竟我用惯了精钢笔，改而用掌终究别扭，那魔头与我斗了半个时辰丝毫不落下风，但其内力还是不如我，最后被我用"鸿雁长飞"打得重伤逃走。

老叫花哈哈一笑，说："那招着实厉害，手腕翻转之间掌风连绵变化而出，对方避无可避，鬼影剑中庭、鸠尾、巨阙皆被击中，巨阙被伤最凶。"

淡写听了也哈哈一笑，说："仙丐功力深，看得如此清楚。"老叫花说："而且，你就是易容改装老夫还是看得出，招式之中握笔架势不时露出，虽是用掌拍出，但看上去总有别扭之处。"淡写说："所谓内行看门道是也！仙丐不简单啊！"老叫花说："先生'鸿雁长飞'使出时嘴里还说：'今日叫你见识见识南天孤雁掌！'那巨阙穴属任脉，系心穴，若被击中必亡。那鬼影剑武功确也是了得，竟被他有所化解，只是他的巨阙穴还是被伤到。想那鬼影剑应是凝毕生气力，提一口真气狂奔而去。他肝胆受冲击、心脉重伤，就是能活下来，武功也是彻底废了。"轻描说："所以我兄长说内行看门道。"

正觉问："后来寂性师父去哪里了？先生可知他现在又在哪里？"轻描说："神僧踪影难寻，我兄弟俩也不知他去了哪里。他只说要回去好好反省思考，慢慢体悟南天孤雁掌的真谛。"于兴插话说："那个追杀我的壮汉又与我等相遇，但他叫了他的师父一起来，我等五个不是他们的对手。"老叫花问："他师父什么模样？"丰应说："年纪花甲左右，满脸虬须、个子瘦高，用一把又宽又短的剑，功夫异常了得。"老叫花说："那是魔影剑，是鬼影剑的师弟。"

几个顾着说话，林良风却在凝神看淡写院墙上的字，字写得极淡，不凝神细看根本看不出写的什么。林良风看得出神，不禁嘴里念了出来："万变纷纷任交战，一心了了即安居。"淡写说："小师父，你喜欢这句诗？"林良风说："不仅喜欢这句，还喜欢隔壁院子墙上的画。"轻描听了，说："你说说看。"林良风说："隔壁院轻描先生那幅《竹阴读书图》，看上去是完整的一幅画，但细看好像是三个不同部分组合而成的。竹叶三分之一有凌厉布露的杀伐之气；三分之一杀气比较内敛，但却更为深峭；还有三分之一则面上平和圆融，内里杀机巧通。"此言一出，轻描、淡写两位都大为吃惊，不禁仔细打量林良风：此僧人看上去二十岁左右，眉清目秀，双眼炯炯有神，整个人透出一股俊逸清朗之气。轻描说："小师父好厉害的眼睛。这幅画前后画了两年多，分了三个阶段，有杀伐之气的竹叶是第一个阶段画的。老夫武功更进一层后，又画了三分之一。"说完林良风又看着一处院墙念："'心源无一事，尘界拟休回。'淡写先生能否再写几个字让小僧见识见识？"淡写哈哈一笑说："小师父，你我看来有缘，你喜欢我录写的诗，我理应为你写几个字。"于是让书童拿来笔纸砚。书童将宣纸铺在方石桌上，旁边放好笔和砚台。书童往砚台里倒上水，只见淡写拿起笔，拿的却是笔的末端，笔顶没有笔纽，是空的，淡写的掌心对着笔管的空处。淡写用毛笔蘸了蘸砚台里的清水，就在宣纸上写了起来。只见"白云相送出山来，满眼红尘拨不开"几字写就，墨色极淡极淡。看的人都大为不解，明明是蘸着清水，但写的时候笔头却微微有些发黑，需非常仔细才能看得出。林良风说："意境真是难解，但恕小僧直言，每字仿佛皆能杀人于无形。"

原来淡写将少许浓墨汁通过笔顶进入笔管浸润笔堂内的笔根，写的时候，笔头蘸点清水，笔头先朝上让水微微渗入笔根，这要掌握得刚好，渗得太多，笔根凝固的墨汁化于水就会流到笔头将笔毫染黑。笔根凝固的墨汁微有融化后，淡写通过掌心发气，热气通过笔管到达笔根融化墨汁，既不能融多也不能融少，这就在于发热气的把握上，首要是内力要足够深厚，再是内力掌控要极为精细自如。这份功夫足以傲视武林。

一行人在崖梅堂又住了一晚，第二天与轻描、淡写道别，丰应、于兴走一路，老叫花走一路，林良风三个走一路。

八

林良风三个商议，一时也找不着南天孤雁掌。只好先回去，正觉回万福寺，林良和广施回南少林。

三个走了一段路，看见前面有一茅房，正觉、广施要上一下茅房，林良风在外等着。正觉、广施刚刚进去，林良风就听到一阵急促的鸡叫声，随之是一个声音在喊："你这只黄鼠狼，把我的鸡放下！"林良风寻声看去，只见一只黄鼠狼叼着一只半大不小的鸡在飞跑，一个老汉手持一根木棍在后面急追。林良风见了便跑上去追黄鼠狼。饶是林良风轻功好，但因树木杂多，阻碍重重，而那黄鼠狼身小易穿越树丛，几次快追上又都被它逃脱。林良风心头火气起，想起那老汉焦急的样子，越发决心要抓到这只畜生，再追几下，黄鼠狼似乎见势不妙，松口丢下嘴里的鸡，这样就跑得更快了。林良风追得兴起，心里想着非逮住这只黄鼠狼不可,这样就越追越远。仿佛听到广施、正觉喊自己的声音,但心里想抓到黄鼠狼后就马上返身与他们会合,也就脚下不停依然猛追。这样又追了一会儿,终于一个前扑抓住了黄鼠狼。林良风拎起黄鼠狼的后颈,对它得意地笑笑,本想把它重重往地上掼去,但一想佛门弟子不可杀生,便把它放了,那畜生飞窜而去。林良风这才想起要找广施和正觉,但向四周看了一圈却不知往哪个方向走,就随便向着一个方向走去。树丛里没有路,走了一程,看到树丛外有一条小路,就来到小路上,但依然没有方向,就只好顺着小路的一个方向走去,走了一程见到一个岔路口,岔路口的左前方有个亭子。林良风想起来了,他们一行去崖梅堂时曾经过这个亭子,从这里去崖梅堂的路自己还记得。

追黄鼠狼追得有些疲乏,林良风也想到亭子里歇一歇。将到亭子的时候,看见亭子里有两个人,那两人见林良风走来便从亭子里走了出来,林良风一看竟是被老叫花称为魔影剑的师徒二人;师徒二人也认出了林良风,尤其是瘦高老头,武功高、目力强,很远处就看到是林良风。那壮汉今天穿着深蓝色短褂,仇人相见分外眼红。瘦高老头对林良风说:"真是不打不相识,你若跪下求饶,可饶你一命。"林良风说:"我辈可杀不可辱!小僧武功虽不如你,但也要拼死一战!"瘦高老头说:"嘴巴还顶硬。"言未既,短剑便刺向林良风。剑风紧迫,林良风毫无还手之力,只能急急躲避。第一剑刚避过,第二剑又已到,因刚才躲避后退侧身,瘦高老头略旋身出剑,剑风便笼罩林良风的陶道、身柱、神道三穴,这三穴属督脉,若被击中将气绝身亡。林良风慌忙之中团身前滚,堪堪避过,但感觉腑脏疼痛,呕出了一口鲜血——还是被剑风所伤。林良风刚刚转身想用"千斤拉面"反击,不想招式尚未发出神庭穴已被对方点住,顿时全身麻痹,动弹不得。那壮汉拔剑欲刺林良风,被瘦高老头拦住,瘦高老头说:"先问问来路,看架势似乎与少林神厨手有关。"林良风虽穴道被点,身子动弹不得,但意识却还清醒,心想:这老头确实厉害,自己尚未出招,欲发未发已被他看出端倪。突然,林良风戴在袖子里手腕上的一串佛珠被瘦高老头看见,他脱下一看,哈哈笑着说:"没想到小和尚身上还有这等好东西。"原来,这串手珠是临别时普惠送与他的,中有一颗是碧玉,一颗是水晶。瘦高老头说:"再搜搜看身上还有没有值钱的东西。"林良风心想:这老头贪财,不如将计就计,于是说:"这串手珠根本就不算什么,我经常去化缘的一家大户,比这好十倍的手串都有。"瘦高老头一听,两眼放光说:"那你带我去,可饶你不死。"

那壮汉对瘦高老头说:"师父不可轻信,小心有诈。"瘦高老头说:"不必担心,观他武功稀松平常,就是有帮手也好不到哪里去。"林良风认得去崖梅堂的路,师徒俩架着林良风一路向崖梅堂行去。

来到院子门口,着深蓝短褂的壮汉叩门,来开门的是位中年仆人,一看是林良风,正要开口问话,却见林良风朝自己不停地眨眼,再看似乎被两人架着,顿觉不对,便说:"几位找谁?"林良风说:"咦!你是新来的吧?我常来这儿化缘,快去通报你的主人,他认识我。"仆人说:"你们在门口等着,我去叫主人来。"说完往里走去。一会儿工夫,轻描便走了出来,身边跟着马管家和书童。深蓝短褂壮汉一眼认出书童,说:"小子，竟然又碰上你。"又转头对瘦高老头说："师父，就是这小子用石子击落我的剑。"老头正惊疑，马管家点了个头，哈着腰说："不是他，是在下。"轻描说："有什么话诸位进来坐下慢慢说。"又对马管家说："去忙你的吧！"再对书童说："你去泡壶茶，再端一盘果点。"一行人在前厅坐下，壮汉扶着林良风坐在自己旁边，见轻描盯着林良风看，壮汉说："这位小师父今日身体有恙。"轻描说："我看没什么问题。"边说边轻挥右手，指气所到解开了林良风的穴道。轻描看着壮汉说："在鄙宅诸位有话好说，不得动粗。"瘦高老头心下有所惕怵，开口说："我自报个家门……"轻描却抢先说："魔影剑名震江湖，谁人不知。"瘦高老头心中又一惊，想了想还是开口着："这位师父说常来您这儿化缘，见到不少珍宝，今日可否让老夫开开眼界？"轻描笑着说："魔影剑要看哪有不可？请到后院来。"

一行人来到后院在一张石桌旁坐下，书童和仆人端上茶水和果点。轻描对旁边的书童和仆人说："你两个去把那方歙砚抬来。"不一会儿，书童和仆人抬来一方砚台，砚台五尺见方，书童、仆人抬放于桌上后皆微微喘气。轻描说："这方歙砚金星满布，若仔细看，中有天然北斗七星图，我可是花了重金买来的，拿得了你就拿走吧！"说着单手拿起砚台放到瘦高老头面前，魔影剑伸手去拿，砚台纹丝不动；情急之下，魔影剑又伸出一只手双手去拉，砚台依然不动如故。从内力比拼来说，魔影剑已输了一截。魔影剑蹲下身子看了看砚台说："这砚台左下方不太整齐，让我用剑把它削平整。"说着拔出短剑便向砚台左脚削去。轻描说："此言差矣，砚台具天然形状才好，不能削。"边说边用精钢笔挡住短剑。短剑一转又削，精钢笔也转动再挡。

情急之下，魔影剑对轻描挥去，剑气袭击轻描的廉泉、天突、璇玑、华盖四穴，轻描用笔一挥化去剑气，上前一步精钢笔反袭魔影剑紫宫、玉堂、膻中、中庭四穴，魔影剑挥剑击挡并后跃一步方才避过，但窘态已露，一跃之后又向后趔趄了半步。魔影剑将短剑插回腰间，拱手说道："不必再比，老夫已输。是神踪难觅的轻描先生吧？若能让老夫和徒儿出先生之门，感恩不尽！"

原来，轻描一只手用精钢笔，一只手始终托举着砚台。托举着如此重的砚台却依然从容出招，劲力十足，认穴精准，让魔影剑不得不服输。

魔影剑师徒退了出去，林良风则留了下来。住了一宿，第二天林良风要回南少林找师父广施。轻描、淡写则劝林良风留下住些天。淡写说："也许广施、正觉正到处找你，一时不会回原寺。倒不如你在鄙宅住些时日，等伤养好了再走，你此时带伤出门甚是危险，或许他们也会来此找你。"林良风想想淡写说的有道理，就留了下来。

淡写头几日让厨子煎了药给林良风服用。一日，林良风服药后正准备打坐调息，淡写到了屋里来，坐下，书童在旁侍立。淡写对林良风说："你近日气色有好转，但终究受伤较重，伤了元气，需补点内气方好。"林良风说："先生说的是，小僧再慢慢打坐调息。"淡写说："那要很长时间，要不，我传点内气给你吧。"林良风说："谢先生美意！但此事不可，我已拜广施师父为师，师祖普惠也已传授小僧武功，我已是神厨手门下徒弟，岂可改换门庭，受先生内气。"淡写说："佛门弟子有规矩法度，这我明白。但传输内气加强元气，利于病躯康复，算不得传授武功。即便是传授武功,你是俗家弟子,也可相授,并非坏了佛门规矩。"林良风想起普惠曾对自己说过:"你天生异禀,于武学精微处领悟极快,日后若遇高人,你是俗家弟子,可不必拘执我师门规矩。我佛慈悲,善度苍生,只要你秉持真心,祛恶护善,改换门庭也并无不可。"普惠说此话时广施也在。林良风对淡写说:"太师父倒是说过,小僧日后遇到高人可还俗改换门庭学艺,但那是太师父希望小徒艺业精进的慈善之心。今日先生眷顾晚辈,晚辈对先生善意却之不恭,晚辈就承领了。谢先生!"淡写说:"如此甚好、如此甚好!"于是林良风坐于平日打坐垫子上,淡写则让书童又拿了一个垫子来,坐下用双掌抵在林良风背上,林良风但觉一股气流缓缓注入神道、灵台穴,过了一会儿,感到气海穴有暖流充溢,顿觉神志清爽、精力充沛。淡写说:"今日暂且停住,你可静心调息。安睡一宿后元气基本已固。明日我可把你受伤导致的瘀血拍出。"

第二天巳时刚到,淡写就来到林良风屋内,两人各自坐于垫子上,淡写左掌在林良风背上轻轻一拍,林良风顿时呕出两口紫黑色的血来。淡写又叫厨子熬了些药让林良风服下,对林良风说:"今日就继续调息休息,明日我再来输些内气给你,即可痊愈。"

第三天,淡写还是巳时来到。淡写说:"前日我是单纯输与你内气,今日虽也输与你内气,但需传你些本门心法,日后依心法调息运气内伤才能彻底治愈。"见林良风面有难色,淡写说:"你本是俗家弟子,但仍有疑虑,不如我带你到旁近大圣寺祷告许愿彻底还俗。"林良风心想:这位淡写先生因南天孤雁掌身体有恙而以南天孤雁掌的名义对战鬼影剑,冒着身败名裂乃至性命不保的风险，看来他们兄弟均是侠义之士；淡写先生的功夫也确实高，他若能传一些内功心法，自己的武功必将大为提升。林良风太佩服、钦羡淡写的功夫了。林良风想起了普惠所说不必拘于门庭，想起广施在旁也点头称是的神情。林良风说："普惠太师父虽对我说过不必拘执门庭，只要授艺之人心正为善，愿授功夫，可拜师学习。但还是依先生所言，前往大圣寺烧香祈愿为好。"

第二天，淡写就带着林良风到旁近的大圣寺烧了香，大圣寺方丈也说："在俗也不妨修道。经曰：但能善施众生即为出家。你大可不必太拘泥佛门规矩。"虽是俗家弟子，但林良风还是做了还俗仪式。

这样又过了一天，林良风按与淡写的约定来到院子里。林良风问："怎么一直不见轻描先生？"淡写说："轻描外出云游。我先教你心法，你先按心法运气。"林良风按淡写所教运气，淡写在林良风运气间歇略加指点，林良风果然领悟极快，淡写心中暗暗高兴。这样每日林良风都按时来到淡写院子跟着淡写练习心法。过了几日，轻描回来了，林良风向他讲了又来到崖梅堂并留下来跟着淡写修习内功心法的缘由。轻描说："看来我兄弟俩与你真有缘。"淡写说："你继续修习几日，体悟体悟即可告成，日后需长年练习，内力自会越来越强。我要外出云游几日，修习内力如遇疑碍可问我兄弟，内功心法我俩完全相同，招式路数虽有差别但大体也一致。"

淡写出门后，轻描在林良风不调息运气时两人就在两个院子里品评书画，话是越说越投机。轻描说，看过他兄长的书法和自己的画的人，有武功比林良风高的，但似乎都未看出书法和绘画中的武学来，而且林良风说得很是到位。轻描还说，两位书童都很有灵气，自己和淡写也教他们武功，但本门武功颇为高深，两位书童的悟性还是不够；淡写的书童悟性比较起来更好一点，教他练习本门深一点的功夫时运气方法因领悟不了而逆了气受伤，兄长帮他治好伤后就再也不敢进一步教两位童子功夫了。轻描说，那天林良风说自己那幅《竹阴读书图》是三个不同部分组合而成的，让自己和淡写极为吃惊，以为遇到绝世高人，再听说林良风三位联合却不敌魔影剑，方知武功一般。但是，这种眼力却是难得的学武料子，慧根极好。轻描还教林良风画画，由于悟性高，林良风画也学得很快。

　　林良风也时常碰到马管家、仆人、童子等，他们也知道主人已收林良风为徒，也都对林良风很是友善。一日，林良风问轻描："马管家的左手原来就是僵直的？"轻描说："不是。我曾遇到一仇家，对方武功极高，我不得不凝神对付，不料旁边又有暗器高手突袭，幸亏马管家出手挡下暗器，但马管家的左手也被暗器所伤，变成残疾。"轻描长叹一口气。林良风问："什么暗器高手如此厉害？"轻描说："那人江湖上称黑铁双尖夺命镖荀公先，使用黑铁打造的两头都有尖锋的飞镖，两头尖倒也没什么，厉害的是镖身相当粗大，比一般飞镖要重好几倍，但飞镖出去却比寻常飞镖速度要快，可见那人内力之深厚。马管家在旁见那荀公先突然出手，而我一时又无法分神应对，便出招去挡暗器。马管家的腿法虽然颇为了得，但也只能勉强应对第一只黑铁双尖夺命镖，第二只过来时腿风飞扫不让镖尖刺中但并没能完全挡住飞镖，被镖身重重打在左臂，筋脉受损，从此落下残疾。"林良风问："什么人能和先生对决让先生无法分神？这苟公先又是什么来路？先生是如何打败二人的？"轻描说："你如何知道二人被我打败？"林良风说："依先生所说，二人武功极为高强，先生如不是打败了他们——恕小子冒昧——先生还能在这儿吗？"轻描说："马管家被击伤后，当时情况极为凶险，我不得不用'了然得意青冥外'的招式，先击伤对决的九泉剑，再转身用轻描淡写功的'迹遁寒岩云鸟绝'击伤苟公先。但是，这两招极耗元气，是两败俱伤之招，不到万不得已是绝不用的。那两人受伤后如惊弓之鸟飞逃而去，而我也耗了一大半元气，而且内伤极重，回来后休养调理多时，兄长遍访名医寻药，而且兄长还给我输了不少真气，但终归无法完全复原，故而武功差了兄长一截。"林良风问："九泉剑是什么人？什么来路？"轻描说："九泉剑与九霄剑同出一门，九泉剑以阴见长，九霄剑以阳取胜。九泉浪迹江湖，九霄附着西厂。"轻描喝了口茶，顿了顿又说："九霄剑和五行刀是西厂武功最高的高手，也是西厂厂公汪直最为倚重的人；苟公先也是西厂排名前十位的高手。"说完轻叹一声。

不知不觉过了半个月，一日，轻描教林良风画画，画的是"猿摘松果"。林良风说："先生的松针隐含刀剑锐气，而我的没有。"轻描笑说："想学的话，我就教你。"林良风说："那自然是想学。"轻描说："你已学了些我轻描淡写门的内功心法，学一点是学，学多了也是学，都是学，不如学个痛快！"说着，一手向林良风的少府穴抓去，林良风本能地缩手；哪料轻描的手如影随形摆脱不了。林良风大骇，忙用右手回击，不想右手刚伸出就被轻描抓住上廉穴并顺势一掼，林良风整个身子向后飞了出去甩在了身后数丈远的院墙上，但林良风在后背着墙时内力却自然涌出化解，落地后毫发无损。林良风心中佩服非常：曾听说武功的极高境界就是对对方的内力了解得极为详尽。刚才轻描对自己少府穴和上廉穴的搭捏之间，已然摸透了自己的内力，从而掼出之力拿捏得恰到好处，似重实巧，知道自己能自然涌出内力化解。林良风佩服之至，下跪磕头说："谢先生指点！"这无疑表示愿拜师学艺。轻描说："明日起学习我的轻描功。"林良风说："谢师父！"林良风终于认师了。

　　林良风跟着轻描学了几天，淡写回来了。林良风跟轻描练功时，淡写有时也在旁边，偶尔会指点几句。这样又过了月余，一日，林良风练功结束，轻描叫仆人端上茶水，刚喝了几口，淡写也来了，看见林良风若有所思的样子，淡写问："小师父在想什么呢？"林良风说："在想师父，也不知广施师父现在何处。另外，不知正觉师父是否回到万福寺。"轻描说："吉人自有天相，广施、正觉武功高强，应是无恙，定能各自回寺。"林良风说："托师父吉言，但愿二位师父平安。我在这儿很久了，却不知二位师父的院宅为何称崖梅堂，不知能否告知？"轻描看了一眼淡写，淡写说："我来说吧。"淡写喝了两口茶，说："我们的曾祖是杨维桢，也就是杨铁崖先生的书童，杨铁崖先生酷爱梅花，又号梅花道人。曾祖六七岁时因家乡遭遇大洪水被家人置于木盆中从上游漂下，为铁崖先生所救。铁崖先生虽是将曾祖作为书童，但待曾祖极好，视同己出，不仅教曾祖书画，到曾祖十岁时还让一位挚友教曾祖武功。铁崖先生的这位挚友书画既好，武学造诣更是极高，几年教下来，曾祖当时虽是少年，但武功已极为高强。曾祖一直服侍铁崖先生直到其谢世。"淡写又呷了口茶，继续说："后来，为纪念铁崖先生，曾祖便将自己所购置房舍称为崖梅堂。"轻描说："曾祖随铁崖先生姓杨,我叫杨月,兄长叫杨壶,因铁崖先生写过《壶月轩记》,祖父为此给我们兄弟俩起了这名字。"

轻描、淡写还给了林良风一些杨维桢文章和书画看。林良风对杨铁崖的文章和书画甚是钦佩,脑子中不时想象这位学问很大的狷介孤傲之士。

光阴如梭,林良风在崖梅堂不觉已半年多,武功自然大为长进。一日,轻描对林良风说："我兄弟俩已将平生所学都教与了你,你有慧根,聪颖在我之上,轻描淡写功总算有了传人,希望你能将轻描淡写功发扬光大,我兄弟俩平生也足慰矣。"林良风说："弟子谨记师父嘱托。"说话间淡写来到,淡写说："刚才我兄弟的那几句话我都听到了,你慧根虽好,但练功如春苗日长,也需常练不辍才能修为日深,成就益大。"林良风说："弟子谨记师父教诲。"

又过了些时日,一天林良风与轻描、淡写品赏了些书画后,林良风对轻描、淡写说："我想广施师父想得不行,不知他近来如何,我要回南少林去看看。"淡写说："难得你对师父如此诚心,回南少林看看吧!你的武功今非昔比,能与你相颉颃的少之又少。但为师还要再啰唆一下,你内力修为还不够,内力靠长期修炼,招式也需经常练习揣摩才能深入领悟。"

九

第二天,林良风辞别了轻描、淡写前往南少林,轻描、淡写给了林良风不少盘缠。林良风一路辗转,先到福清县城老家看了一看，物是人非，心中甚是伤感。再去万福寺找正觉，寺里的僧人告诉林良风，正觉一个多月前已去南少林，说是去拜会广施。林良风想：正觉去拜会广施，要么是当时师父未与正觉一同南行回来，要么是师父回了南少林又有什么事出门而后再回南少林，或者正觉师父有什么事要找广施师父。如此一想，不免思虑，便急忙向南少林赶去。

到了南少林众僧侣见了林良风都很高兴。林良风才得知，广施自从与自己一同离开后从未回来过，一个多月前，正觉来找广施，大家才知道广施当时与他分手去了嵩山少林寺，但至今未回。正觉在南少林住了些天等广施，却不见广施回来就返回万福寺了，估计与林良风相错了。林良风在南少林住了三天就再也待不住了，便收拾行囊又赶往万福寺。一路风餐露宿来到万福寺已是某日的午时稍过。进入山门，但听得里面人声嘈杂，林良风急忙往里走，只听一众僧侣在议论着什么，又听有一人说："上个月有位香客捐了三万两银子，我也就借一半，是借，到时归还尊寺。"又听得方丈说："本寺存留这笔钱用于赈灾济困，借出后如有需要如何是好？"林良风此时已挤进香客群中，一个长得略清瘦、脸色苍白、面带煞气的人说："我借这钱也是扶危济困，做善事的不仅是你们寺庙，还是速速拿出吧！"语调带着煞气。正觉在僧侣群中说："施主这是要强借啊！鄙寺恐难办到！"那人嘿嘿一笑说："办得到、办得到。"

林良风突然从香客群中走出，对正觉合十行礼说："正觉师父，我找你找得好苦啊！"正觉见了林良风先是一愣，接着林良风的话说："我也找你找得好苦啊！终于见到了！"清瘦男子不耐烦地说："先交出银票，再慢慢叙旧吧！"林良风转身对那人说:"要是不交呢?"那人瞪了林良风一眼说:"你不是和尚,此寺与你什么关系?你来掺和,不要命啦?"林良风说:"我曾经是出家人,不久前还俗,现在又准备出家。万福寺与我有缘,我岂能不管?"那人说:"好大的口气,你能管?哈哈!"正觉说:"你想如何?"那人说:"想让你见阎王!"说罢,发出一掌。这一掌劲道凌厉,直袭正觉华盖、紫宫、玉堂三穴,林良风挥手劈出一掌将清瘦男子的掌风尽数化解。正觉对林良风说:"你不必助力,我可以应对。"边说边对那人发出一掌,这一掌掌风也袭向对方华盖、紫宫、玉堂三穴,劲道也猛。林良风心下惊异:不想分别不到一年,正觉的功夫竟有了这么大长进,正觉练功刻苦不辍,深值自己学习。那人举掌迎对,双方掌风对激,那人后退了半步,已稍落下风。清瘦男子双掌翻飞左掌对着正觉天鼎、巨骨穴击去,右掌对着正觉天宗、臑俞穴击去。正觉右侧身闪避则周荣、胸乡穴将被击中;正觉左侧身闪避,则期门穴将被击中。这招出掌巧妙,林良风正担心之际,但见正觉边矮身下蹲便双掌击出,直取对方中脘、建里、下脘三穴,那人掌力已出七成,只得撤招,最后三成的掌力没有发出。正觉矮身下蹲能如此快速,也是很难的身法,林良风心中不禁赞叹。那清瘦男子又落了下风,只听他说:"算你赢,后会有期!"发出两掌,蹬脚转身,飞奔而去。林良风本想出招拦下他,但顾虑极可能使其毙命,便也作罢。

　　林良风在万福寺暂住了下来。第二天与正觉叙长说短,方才知道离开崖梅堂后,两人从茅房出来不见了林良风,在周围找了一圈也不见,两人有点着急,就喊了几声,仍不见回应,这下两人心慌了,便分头到更远的地方四下寻找,但最终没有找着。广施与林良风情同父子，一时心乱如麻，正觉心里也不是滋味，两人无计可施。伤心之余，广施惦记起师父普惠来，便决定北上少林寺看望师父，这样正觉回万福寺，广施去少林寺。林良风也将自己的经历说与正觉听。正觉说："轻描、淡写是有义气的名士。你天生异禀，学武潜质极佳，普惠师父与轻描、淡写都有眼光啊！你确不必拘限于某个门派，只要心存正义，学习武艺是多多益善。"林良风说："近一年不见，师父的武功又高强了不少。"正觉说："寂性师父教的那几招我反复练习，不断揣摩体会，看来真是有用。不想，昨日一用竟得心应手。寂性师父可能真是南天孤雁掌，轻描、淡写那样的高人应该不会说没由头的话。可是，南天孤雁掌在江湖很早就有所传闻，有传闻时，寂性师父的年纪还很小，寂性师父倒是与我说过要去福州找寻南天孤雁掌。寂性师父即便不是南天孤雁掌，但应该与南天孤雁掌也有很大的关系，或许他后来找到了南天孤雁掌，南天孤雁掌收他为徒，所以他也称南天孤雁掌。"顿了顿，正觉语气沉了下来，说："不知寂性师父如今在何处？"

林良风在万福寺又住了些时日，与正觉也切磋武艺，林良风武艺已今非昔比，明显高出正觉许多。近些时日，依然不时传来一些富豪被劫，为富豪大户看家护院的武林高手被杀的消息，行凶者皆打着聚钱令的旗号。林良风与正觉谈论：武林总要有人出来主持正义，若论武宗则非少林莫属。但少林寺至今置身事外，阒无声息。林良风说，自己很是想念广施，不如到少林寺去看看，同时也可顺道打探打探寂性的音信。正觉一听立马赞同，要与林良风一同前往。

两人打点行装后一路北上，路上倒也无事，昼行夜息，很顺利就到了少林寺。少林寺许多寺僧都认得林良风，见他还俗颇为吃惊，但想林良风身存正气、心地善良，还俗必有原因，也都没有多问。两人见到广施后，林良风将走散后的经过一一向广施道来，三人感慨了一番。

广施还是干老本行，在伙房里做饭菜，那个对普惠忠心耿耿的颜化也在伙房里帮忙，广施向颜化介绍了林良风和正觉。颜化细说了当年普惠战玉碎掌的事。颜化说，玉碎掌的儿子继承了玉碎掌的武功，同样受聚钱令的指使，前一段好像听说他南下又去劫掠什么大户的财物了。正觉问："那人长什么样？年纪多大？"颜化说："长得清瘦，四十出头。"正觉问："是不是左额有一块铜钱大小的青斑？"颜化说："对的、对的。"正觉说："聚钱令真是神通广大，竟知道有香客捐赠了大笔功德钱给万福寺。"林良风、广施、正觉心里都在想：必须除掉聚钱令，否则江湖不得安宁。

林良风、正觉暂时在少林寺住了下来。广施告诉林良风、正觉，寺僧皆知颜化为人忠厚，普惠待颜化很好。广施到少林寺后，见颜化到重大法事日都来寺中为普惠祝祷，并到普惠曾住的房间门口跪拜，得知那家富户又找了个武功比颜化强的护院，颜化在山下一时也无事可做，广施就留颜化在寺里帮厨，同时也教他一些武功。颜化虽资质有限，武功进展缓慢，但他勤学苦练，所谓勤能补拙，功夫倒也不断提高。颜化以俗家弟子身份暂住少林寺，其外面的朋友多，也不时到外面走走，不时有江湖见闻告诉广施。

颜化还曾与马鸣寺方丈及两位僧人一齐带着马鸣寺的功德钱来存放于少林寺。此事过后不久，玉碎掌的儿子与一个人一起来到少林寺,说向少林寺借马鸣寺存放在少林的那笔功德钱。般若堂护法出面回绝,那两人强行索要,般若堂护法便与两人斗了起来,对阵中般若堂护法落了下风,差点被伤,幸得般若堂长老虚观出手以般若千化掌击退两人,虚观只发两掌,两人便受伤而逃,因虚观手下留情,两人受伤并不重。与玉碎掌儿子同来的人功夫比玉碎掌儿子要高出一截,虚观说是五雷门掌门和律振。

　　一天,离中午过斋还有半个时辰,林良风正在帮厨,虚观走了进来,说般若堂那位护法练功过于用力,因饥饿而眩晕,问广施要一碗粥。广施便给虚观一碗粥,虚观将粥放在厨房的桌上,眼睛却怔怔地看着林良风。原来,林良风正在一口大鼎旁单手握厨铲翻炒着半鼎的菜;而广施站在一口鼎旁也在炒着菜,但那鼎比林良风的小了一圈,广施用的是双手;林良风看上去翻炒得更轻松。虚观一时竟将般若堂护法饥饿之事忘于脑后,走上前去用右手去搭林良风肩膀;林良风感知背后有掌过来,侧身一避,转过身来面对虚观说:"大师找我有事?"虚观说:"哪有什么事,只是觉得普惠在时功夫也比你现在差一大截,而且你刚才炒菜的功夫了不得!让我看看你的手。"边说边出手去抓林良风的一只手。林良风本能地躲闪,急忙后跃三步,纳头便拜,说:"良风深受佛门恩泽,太师父普惠、师父广施对良风恩重如山,良风在少林寺万不敢造次!"广施也急忙说:"是啊,虚观大师,良风并无任何对不住少林之处啊!"虚观说:"老衲并没有说他对不住少林寺,老衲只是觉得他的武功了不得,你远不如他,这了不得的武功不是少林功夫。"说着对林良风拍出一掌。这一掌看似不疾不徐,实则包蕴着极大的内劲。

林良风挥掌挡去，这一掌看似用的是神厨手的招式，但内力变化含有淡写所授之功，虚观这一掌被林良风化解。虚观第二掌又出，这一掌一如前一掌一样看似平淡，但掌风厚大，笼罩林良风大半个身子，林良风用出轻描淡写功中轻描所授"以合对开"招式应对，掌风相激，林良风退了几步，但并无大碍。虚观叹道："能接我两招者为数不多，你年纪轻轻有如此修为，实属不易。"又沉声说："看好了！"又拍出一掌，这是第三掌。这一掌寓有变化，掌风先是平平过来，若遇对方发力抵抗，掌气则会旋转攻击。林良风依然用"以合对开"应对，不想瞬间掌风生变，右旋侧击，劲大势威；林良风顿时感到有一股巨大的压力逼迫过来，急忙用淡写所教的"横勒急收"之法应对，内力才用出三成，整个人就被飞弹出去，然而就在将要落地之时，林良风感觉有一股柔和之力将自己向上托了一下，虽然身子还是砸在地上，但并无疼痛。这边广施惊出一身冷汗，对虚观说："大师手下留情！"那边林良风已站起对虚观说："谢大师手下留情！"广施方才知道虚观已是手下留情了的。

　　虚观说："你年纪轻轻，武功如此了得，刚才炒菜的功夫不全是神厨手的。"林良风说："大师洞若观火，太师父普惠、师父广施交过我武功，但后来又还俗跟着轻描、淡写二位先生学习轻描淡写功。"虚观说："怪不得功夫如此好。二位先生神功惊世，你能得二位真传实是幸事。你学了多久？"林良风又回答："加上自己习练有一年出头。"虚观脸露赞赏之情说："如此上乘的功夫，才练习一年出头就达到这般境地实属不易。你资质极佳，认真练习，日后境界不可限量。"广施察觉虚观说这话的时候眼光露出一丝钦羡。林良风说："谢大师褒奖！"广施在旁则说："大师，林良风天生习武慧根，如今又在少林寺，不知大师可肯收他为徒？"虚观略一沉吟说："佛家讲一个'缘'字，今日遇见并试了两手，也是缘哪！如有向佛之虔心，再入少林寺学习伏魔除妖之功岂有不可？"林良风一听心中大喜，顿时下跪磕头说："良风愿再度皈依佛门，向大师学习伏魔除妖之功。"虚观说："阿弥陀佛，善哉！"

刚才虚观看到林良风炒菜的功架，心中一愣，普惠也无此功力，顿时生疑，便对林良风出手试一试。搭肩、抓手皆被林良风躲过，反应极为机敏。而第一掌拍出就是正式的般若掌了，竟然被对方颇为轻巧地化解。虚观第二掌再出，林良风用"以合对开"应对，纯是防守并无攻势，而虚观却感到林良风有还击的余力。虚观觉得堂堂般若堂长老连发两掌竟奈何不了一个年轻的无名小辈，实在有失颜面，所以第三招用上般若千化掌中的"推事神自明"，这一招较为凶猛，虚观用了近五成功力，较前面两掌发力更大，但也留了施救的后手。般若千化掌大气雄浑，变化宏富，就是高手也难以抵挡，而虚观用出了近五成功力，林良风所学轻描淡写功离圆熟还有距离，自然被弹飞出去。其实林良风反应奇快，虚观的"推事神自明"一出，他就用"横勒急收"抵挡，这招对付"推事神自明"完全对头，只是林良风内力与虚观比尚差较多，且招式还欠纯熟，而虚观的般若千化掌运用纯熟，所以林良风内力才发三成就被虚观压制住了。虚观察觉林良风这一招还是守，但很是精妙，蕴蓄着攻的可能；虚观还感到林良风的抵御之招皆平和中正，杀机不重；故而见林良风飞弹出去后续解救招式立马跟出，几乎是后发先到，也只有虚观这等功力才能做到。林良风也隐约感觉到了虚观后发先至的招式，心想，这可是几近化境的功夫啊！

当年林良风与广施在少林寺住了些时日，曾跟普惠学习神厨功，虚观有所闻其宅心仁厚，普惠也曾对虚观说起过林良风悟性极高，是极为难得的学武之才。今日得知其向轻描、淡写学了几个月加上自己习练才一年出头，便能使出如此招式，切实感到是个难得的学武好才，自己的般若千化掌一直找不到合适的传人，如今他说愿意再度皈依佛门跟自己学习般若千化掌，心中自然欣喜。

十

林良风、广施要在少林住些时日，而正觉心里牵记着寂性，总觉得不安，便与林良风、广施道别去继续打探寂性的着落。下了少室山，正觉一时也理不出寻找寂性的头绪，心中茫然，想来想去，觉得此处离开封府近，开封府城大消息多，或许能探查到什么线索，于是正觉便向开封府走去。时值三月，天气阴晴不定，天晴时，正觉走得热了便穿得少，但北方地气依然寒冷，不知不觉受了寒气侵袭。快到开封府时，便觉身体不适，虽然运功逼出了些寒气，但终因受寒太深而感到身体疲弱。到了开封府找了家客栈住下后开始觉得鼻孔发热、头昏脑涨，忙问店家要了姜糖水喝下，店家见正觉一副病容，就对他说附近有家葆康堂药店，开店的郎中李葆医术不错，可去开点药吃。正觉睡了一宿，醒来依然感到昏昏沉沉，打坐运气调息了一会儿就出门按店家所指的方向去葆康堂。进入葆康堂，却见颜化也在店内，两人相遇分外高兴。李葆给正觉号了脉，抓了点草药去熬，又回来与颜化、正觉说话。

颜化到少林寺做了俗家弟子后寺里常让他到开封府购买些物品，每到开封府，颜化都去看望李葆，聊上一会儿。此次来开封府，颜化照例来李葆处闲聊，不想遇到了正觉。说了一会儿话，药已熬好，李葆让正觉服下休息，并留正觉住两天以治病调养。颜化让同来的两个僧侣带上物品先回少林寺，自己则在葆康堂陪正觉两天。

服了药睡了一宿，正觉好多了。早上，李葆看了几个病人后闲了下来，三人又继续聊天。正觉说："听口音李大夫不像是河南口音，倒像是北平口音。"李葆说："师父好听力！我确是北平真定人。"（明洪武二年即1369年，定北平、保定、河间、真定、顺德、广平、大名、滦平八府归北平行中书省管辖。后虽改行中书省为承宣布政司，但习惯上仍称那一带人为北平人。）正觉问："那后来为何到此？"从谈吐上李葆觉得正觉是个正直的僧人，而且又与颜化交谊颇好，便吐露了一段往事。

李家在真定是行医世家，李葆的父亲医术在真定很有名，一家人生活过得安逸平稳。不料，有一天平静的生活被打破。那是二十多年前的事了。

李葆叙说，一天，有三个劫匪突然闯入家里逼家父交出钱财。那天恰好母亲带我去附近一位亲戚家学经书，那亲戚是一位塾师，附近一些人家子弟常到他家学经书。家父带劫匪入室取出所藏钱财，与劫匪一齐来到客厅后，家父说还有一包银子在室里忘了取，让他们稍等。劫匪以为家父吓坏了——不过家父说他确实吓得不轻。家父当时最担心的是母亲和我回来。家父晚年得子，分外疼爱，生怕母子有性命之虞。另外，家父说还想把医术传授给我。原来,那一带常有劫匪,为防不测,家父在室内做了一扇暗门,暗门通小院,小院又有一暗道通院墙外,就这样家父到了院墙外。三个劫匪见家父迟迟未出,就进屋查看,发现家父不在屋内。于是留一人看管钱财,两个到院子外查看,发现家父在远处奔跑,两人就追了上去。家父不会武功,两个劫匪人高马大且会武功,不一会儿就追上家父,就在其中一个举棍击向家父的时候,旁边路过的一个女人出手将棍子击飞。另一劫匪举刀劈向女人也被她两拳打倒,棍子被击飞的劫匪则慌忙逃跑。家父谢过女人并告诉她还有一个劫匪在家里看着劫来的钱财,他怕内人带着孩子回家遭到不测。女人便与家父一同到家,发现那劫匪还看着钱财,女人上前又把劫匪打得落荒而逃。家父说,他对那女人当时是发自肺腑的感谢,千恩万谢之后,家父一定要把那些钱财送给女人,女人坚辞不纳。家父急了,对女人说,你救了我,也救了我内人和儿子,否则孤儿寡母如何生活?钱可以再积攒,命失去不能再有,如此大恩不报,我日夜寝食难安!女人见家父说得极为恳切,就收下了那些钱财。家父说,那些钱财可是他积攒了大半辈子的啊,说来也不算少,但是家父觉得应该倾囊以报救命之恩,破财赢命,全家福运才能长久。

颜化、正觉听罢不禁感慨。李葆说:"家严受此惊吓,怕那几个歹人再来,就举家搬迁到开封府,先是靠租借一位朋友的房子坐诊,名声逐渐大后房子也越搬越大。"颜化问:"令尊与那女人可还有联系?"李葆说:"那女人与家父告别时告诉家父她姓田,以后若有事可到河南宁陵田家庄找她。"李葆喝了口水,接着又说,李家举家搬到开封府后老屋给了一位亲戚住,过了五六年，有一女人到老屋找家父，亲戚不敢说已搬到开封府，只说当年受了惊吓很快搬到外地去了，去了哪里谁都没告诉。女人告诉亲戚，如遇到李家人，告诉他们，有事可到雪花洞找她。

十一

盘锦手叶丰在杭州开了一家绸缎庄，生意兴隆，财源旺盛。福清的绸缎生意远不如杭州的好，他就将福清的店铺交与堂哥打理，自己到杭州来经营。一天，叶丰午饭后推开院门要去店铺，却看到门口有一块石头压着一叠锦缎，拿起一看，锦缎下有一支银子打制的飞镖，精巧漂亮，飞镖尾部用丝线系着一张纸条，先是一行稍大的字："聚钱令出，不从者死！"再是一行稍小的字："两天后将两万两银票放在院内。"叶丰心中发颤：又是聚钱令！冷汗也冒了出来。叶丰拿起锦缎回到屋里，再仔细翻看锦缎，锦缎有十几片，被剪成两半。两万两银子真不是小数，但为何两天后交，而不是像上一次那样进屋威逼？叶丰领教过聚钱令，也不断听说江湖上有高手因不从聚钱令被杀，也有高手被迫妥协，心中越想越怕，便找了一块旧布包好那锦缎和飞镖出门去了云泉寺。叶丰常去云泉寺烧香礼佛，与云泉寺空明长老成为至交。见到空明后，叶丰低声对空明说："遇到麻烦事，请找个清静地方说话。"空明带叶丰到了僧舍，叶丰给空明看了锦缎、飞镖及纸条，说了午饭后所见。空明拿着那叠锦缎细细打量，神色凝重，说："与焦仪儿子焦蕴拿来的一样，是天妖刀所砍，比剪的要粗粝、毛糙些。"用刀砍断数十片叠在一起的锦缎而且如此整齐，比砍裂一块石头难多了。叶丰问："天妖刀是什么人，竟有如此功力？"空明说："天妖刀是妖、魔、鬼、怪四位师兄弟的老大，叫闻大雷，四人中鬼影剑武功最高，其次是天妖刀。这次你可遇到麻烦了。"听了此话，叶丰后背更是一阵发凉。空明说，昨天十杀棍焦仪的儿子焦蕴来找他，拿着一把被齐生生劈成两半的铜壶和一支同样精巧漂亮的银镖，银镖的尾部也系着一张纸条，纸条上写着几乎同样的字，只是要的是一万两银子，而不是两万两。空明沉思片刻说："报官恐怕不仅无济于事弄不好反而更糟，如今官府大多昏庸腐败，说不好甚至与聚钱令串通一气，看来只有上少林求助了。商户之遭难还有很多武林人士之难，少林是武宗，不应袖手旁观。我叫焦蕴来商议商议，事不宜迟，要尽快去少林寺。"空明叫来一位僧人，空明让他去请焦蕴。焦蕴到寺后，三人商议了一番，觉得夜长梦多，应尽快出发，约定明日辰时到北郊塘栖古桥会合。

　　因塘栖古桥离城还有一段路，第二天三人都起了个大早来到了塘栖古桥。空明虽然年岁最大但武功最高，最早到。三人一路北行前往少林寺。进入河南境内，空明说要先去开封府再折向少林寺，他要去看望一位朋友。空明告诉叶丰、焦蕴，这位朋友便是江湖大名鼎鼎的神医缘脉指。叶丰、焦蕴说江湖皆知缘脉指已被聚钱令杀死，如何又去看他？空明说，当年他被人下毒，幸亏缘脉指韩鹤年救了一命，缘脉指对自己有救命之恩，他要去韩鹤年墓上看一看，祭拜好友。

　　三人一路来到韩鹤年旧居，但见院墙斑驳陆离、白中泛黑，院门紧锁，门扣、铁锁锈迹斑斑。空明问周边的人，韩鹤年葬于何处,也都没人知道。有一个人跟空明他们说,走过去些的街角有一小屋,门口挂着"一算便知"的招牌,那看相算命的哑巴老头也许知道。空明他们向街角走去,到了街角果真有一间破烂小屋的门口竖着块木牌,木牌上糊着一块脏兮兮的布,布上写着"一算便知"四个字。三人走进屋里,屋里放着一张桌子,有一个头发几乎全白且乱蓬蓬的老头坐在桌旁,桌子旁还放着两张长条木凳。三人在长条凳上坐下,空明说:"老人家,请帮我算算。"老头举起手摆了摆,又摇了摇头。空明一想,是啊,出家人了生脱死如何能算命?桌上备有纸笔,是给求算命的人写生辰八字用的,空明拿起笔在纸上写:"请算一算缘脉指韩鹤年墓地在何处,有重谢!"写完从包袱中取出一锭银子放在桌上。老头似乎很贪婪地盯着银子看了一会儿,又眯起眼对叶丰、焦蕴仔细打量了一番,却不怎么理会空明,接着掐指算了一番,佝偻着站起身,从桌旁拿起拐棍,对空明他们招了招手,意思是让三人跟他走。三人便跟着他向城外走去。约莫走了近一个时辰,来到一片坟丘地,四周阒静无人,老头领着三人来到一块墓碑前,墓碑上刻写着"缘脉指韩鹤年之墓"几个字。空明凝神肃立,嘴里诵起《地藏菩萨本愿经》,诵着诵着,两行清泪从眼眶流出。突然,老头开口说话:"此生本已尽退藏,却因故人起转肠。"空明三人大吃一惊,空明喜道:"缘脉指!"老头褪去容装,脸面与原来完全不一样,泪水从眼角溢出,说:"大师,许久不见,想煞老夫!"老头望了望四周说:"到旁边找个说话的地方去。"三人向旁边另外一片树林走去,到了旁边的树林,找了一块比较干净的大石头坐下。空明向韩鹤年介绍了叶丰和焦蕴,韩鹤年向空明几个讲了一段往事。

当年玉碎掌逼韩鹤年交出钱财，韩鹤年不从，两人便打斗起来。过了数招，韩鹤年感到不支，知道不是其对手，就奋力逃向屋外，玉碎掌紧追不舍。韩鹤年右手单指发气，击玉碎掌膻中、中庭二穴，左手双指紧跟发气击玉碎掌水分、神鹰二穴，这两招连环紧扣，乃是使出毕生功力；韩鹤年两招刚刚发出，脚下便用力一蹬提气飞奔，不料玉碎掌的掌气竟后发先至，透过神道、灵台直抵前胸。韩鹤年说，当时只觉前胸一阵剧痛，心想，此命休矣！人虽扑倒在地但意识尚清醒，立马用祖传龟闭息心法使心停息止。玉碎掌摸心探息，觉得韩鹤年已死，就离去了。街坊把韩鹤年抬入他的屋里，有人忙着去找韩鹤年的独子回来。待屋里没人后，韩鹤年挣扎着起来，找出保元续脉丸服下。这保元续脉丸是韩鹤年用上好的藏红花、虫草、老首乌、百年老鳖以及上好的独活、川芎、鸡血藤等熬制而成。过了一会儿，韩鹤年的儿子回来见韩鹤年直挺挺地躺在床铺上，放声大哭。韩鹤年见屋里已无他人，便说："别哭了！"儿子转悲为喜说："爹，你活着？"韩鹤年急忙示意儿子小声说话，儿子也想起韩鹤年会闭气偃息之功，这功夫要待自己内力有一定火候才能传授。韩鹤年让儿子速速去买一口棺材，棺材买来后在棺材里放上与一个人重量差不多的砖石，再覆上几层布。"入殓"毕，韩鹤年要儿子尽快"出殡安葬"。韩鹤年又修书一封，让儿子带上去杭州云泉寺找空明长老帮助安排谋生。

空明说："令郎已有几年未见。"韩鹤年说："前年还回来拜祭先人。多谢空明师父！"原来韩鹤年儿子找到空明后，空明让他去绍兴府找一位朋友帮忙开了一家草药铺谋生，后来还娶妻生子；韩鹤年儿子则每两年去一趟开封府老家祭祖，实则是看望父亲韩鹤年；有时也会去云泉寺看望空明并烧香拜佛。

空明则向韩鹤年说了叶丰、焦蕴遭聚钱令勒索的事，空明说："聚钱令日益猖獗，武林人士频遭毒手，少林寺应当出来主持正义，铲除妖孽。"韩鹤年对空明说，为保性命他易容改装并且从不与草药沾边，但这里去少林寺还有些路程，为防路上虫毒风寒肚泻等，要回城去葆康堂取些药带在路上以防万一。韩鹤年说，葆康堂的李葆为人忠厚，医术高明，且葆康堂药品齐全，去葆康堂拿药最为适宜。

四人就一同回城，见天色已晚，就商定第二天下午午饭过后一个时辰韩鹤年和空明去葆康堂拿药。因韩鹤年说李葆经常会在上午去城外买些药材，下午才回来，迟点去比较适宜。第二天，韩鹤年和空明进入葆康堂，见李葆正与三人在说话。李葆见韩鹤年进来便打了个招呼，李葆认得韩鹤年，本城有点名气的看相算卦哑巴老头。与李葆说话的人也扭头看了韩鹤年一眼，这一看把韩鹤年吓得几乎灵魂出窍：其中一个岂非玉碎掌！再定睛一看，又觉得比玉碎掌年轻了不少，样子也略有差异。还有一个中年壮汉李葆不认得；另一个老头也像韩鹤年一样弯腰驼背，看上去有气无力，韩鹤年也不认得。李葆问韩鹤年何事。韩鹤年比画了几下，李葆说自己现在要先与三位客官说话，说老哑巴您先坐一坐，等一等。韩鹤年便坐下等，过了一会儿见他们还在说话，就拿起桌上的纸笔写起所要买的药名。不一会儿见李葆拿了些药给他们，并送三人到门口。李葆刚返身韩鹤年就递上刚才写的纸，李葆说："老哑巴，您这是要出远门啊？"空明接上话说："是老衲要出远门，听说李大夫医好药也好，就请老施主带路来买些药。"李葆就拿了韩鹤年所要的药给空明。

其实刚才空明也大吃一惊，那弯腰驼背半死不活的老头，空明认出就是鬼影剑。当年南天孤雁掌与鬼影剑在北固山后峰对决时空明也在场观看，所以认得，只是与当时比，鬼影剑苍老衰弱了许多，想是被南天孤雁掌重伤后至今未复元。

空明与韩鹤年来到空明三人所住的客栈，韩鹤年向叶丰、焦蕴说了刚才在来的路上已向空明说过的在葆康堂看到的极可能是玉碎掌的儿子，空明也向两位说了路上已跟韩鹤年说过的看到了鬼影剑。四人皆心中骇然。空明说："与鬼影剑、玉碎掌的儿子同来的那个中年壮汉看上去武功也不弱，他应该也看出老衲会武功。此地不可久留，恐夜长梦多，应马上走。"其他人也都表示赞同。韩鹤年说："此地我也难留了，能否带上我一起走？"空明说："当然可以。一同去少林寺，或有少林寺高僧可以为你打通筋脉，恢复武功也不好说。"

虽然有些迟了，出城估计薄暮将过，但也顾不了太多，四人离开客栈向城外走去。刚刚出得城门，韩鹤年就听到有人在身后叫自己："老哑巴，这么迟了去哪儿？"是李葆的声音。韩鹤年他们回头一看，只见李葆和一个弱冠少年匆匆走过来。空明说："李大夫，看来我们有缘，又遇见了。"李葆说，少年是一位朋友的儿子，大老远赶来请他去朋友家治病。这位朋友高热惊厥，又上吐下泻，病情较重，请了乡里的郎中开了点药先吃，家人不放心就让他儿子来城里请李葆赶去医治。空明问李葆到朋友家怎么走，要多长时间；李葆说了方向，说到朋友家大约将近寅时。空明说："老衲与几位欲往少林寺，与两位要走的方向刚好一致。黑夜走路就怕遇见豺狗野猪一类，不知二位可会功夫？"李葆说："不瞒大师，我两个皆不会武功。"空明说："那就请叶丰、焦蕴二位先生陪两位一齐走，如遇险情也可化解。老哑巴走得慢，老衲与他一齐走吧。"李葆谢过空明及叶丰、焦蕴。空明折了一些树枝让叶丰带上，让其在岔路口放上一枝以指示方向，自己和韩鹤年走得慢，在后免走错路。就在几人开始上路时，空明、叶丰、焦蕴都感觉不远处的树丛中似乎有什么东西晃动了一下，空明追了过去却也不见什么，便想可能是野猫之类的东西。

几人前后都顺利到了李葆的朋友家，空明与韩鹤年到时寅时已过半。李葆给病人服了带来的药丸并给病人做了艾灸，再开了药方让其家人天明后去抓药。空明几个也就在李葆的这个朋友家住下。因睡得迟几人都晚起，吃了李葆朋友家人做的早饭后，李葆见病人已无大碍，跟他家人说按药方吃几天药就会痊愈，李葆和空明等也就告辞上路。走了一段路，再穿过前面的一片小树林就到了岔路口，空明他们和李葆就要分手了。几人在小树林中走到一半时，一支竹剑飞插到几人前面，剑尖将一张白纸钉在地里，空明返身一看，见有身影晃动就追了过去，但那人三纵两跳就不见了，看样子轻功颇高。空明也就返回，叶丰将白纸给空明，只见纸上写着："聚钱令出，不从者死！少林和尚救不了你们，我就在少室山下等候。"几人看了无不骇然：聚钱令如何知道他们要去少林寺？空明说："昨日我等走时见到不远处有东西晃动，极有可能就是方才那人，听到我说要去少林寺，就一路跟踪来加以威吓。"这时哑巴褪去容装，说："李大夫回去也不安全了，不如与我们一起去少林寺，然后再做计议。"李葆自然极为吃惊，仔细看确是续命掌柜韩鹤年，只是极为苍老衰弱。缘脉指行医济世，方圆几百里口碑良好，李葆曾向缘脉指讨教过医术，对其印象颇佳；也听说还是武林中正义之士。韩鹤年对李葆说，自己因会龟息闭气之功躲过死劫，但武功几乎全废，为活命易容改装、装聋作哑。韩鹤年问李葆："昨日到葆康堂的三人你都认识？"李葆说："年轻点的是玉碎掌的儿子，中年的和年纪大的都不认识。少林俗家弟子颜化与我是至交，颜化说少林普惠师父与玉碎掌一战，玉碎掌受重伤，普惠师父也伤得不轻。玉碎掌的儿子曾把我带到他家里给玉碎掌医治，但我才疏技浅，回天无术，看着他咽气。玉碎掌残害了不少人，普惠师父因他受伤最后西去，玉碎掌是罪有应得。玉碎掌临死前我对他说，要是续命掌柜在他就有救了，玉碎掌长叹说都是命啊！他儿子这次也受了伤，据说被因强行索要白马寺寄存于少林寺的善款而被少林高僧打伤，不过伤得不是很重。"空明说："那老头是横行江湖的鬼影剑，受命于聚钱令，到处勒索钱财，残杀了不少反抗他的武林人士。"李葆说："家父曾遭劫匪勒索，还险些丧命，我最痛恨敲诈勒索的强人。既然他们知道我和你们在一起，回去也不会放过我，我还是先与你们一同上少林寺的好。"焦蕴说："天妖刀既知我等要去少林寺，为何不出来？莫不是怕我等人多打不过我们？"空明说："如是天妖刀，我等几位联合也绝非其对手，应不是天妖刀本人，但此人与天妖刀有关。"

李葆说："此去少林寺还有好些路程，只怕未到少林寺就被你们所讲的天妖刀拦截。家父曾说，有一位姓田的女侠曾让亲戚带话给家父，有事要帮助可到雪花洞找她，据说雪花洞在巩县，此地离巩县不远，不如先到巩县寻找这位女侠，或许可帮到我等。"李葆对几个说了当年父亲遭遇劫匪，田女侠救了父亲的事。空明几个听了皆不以为然，要说三拳两脚打倒几位蟊贼，他们中除韩鹤年外都不在话下，别说三五个，就是二三十个也照样打得他们满地爬。空明说："天妖刀客不是一般的蟊贼。"李葆看出空明几位的不屑，说："那姓田的女人六七年后又来找家父，留话说遇到麻烦可以找她，足见她对自己的功夫相当自信。诸位不妨找到她见个面，如其功夫真的不济再另做打算也无妨。"叶丰还想着几个大男人去向一个女人求助实在有点丢脸。空明心想，如真遇到天妖刀只能成为其刀下鬼，但嘴上还是说："那就按李大夫说的去找找田女侠，但愿是个镇妖高手。"听得出，空明是一副死马当作活马医的口气。

五人一路向巩县而去。到了巩县向县城里的人问冰雪洞，也都知道，说是离县城不远，只是在一座山上，常有狼豹出没，少有人去。五人便按当地人所说的方向走去，走着走着见到了一座山，倒也不高，但颇大，进入山中，只见潭静水清，烟浮瀑飞，古木苍翠，山花灼烁，鸟鸣时闻。五人却无心赏景，见山中有不少山洞，便挨个到洞口向里喊："有人吗？田女侠在吗？"但皆无回应。洞内一片漆黑，有些洞回声激荡很久，五人不敢入内。一行人一路走，来到了一座山峰下，见到有几个洞特别大，又挨着每个洞的洞口喊过去。虽是临近暮春，但在洞口依然感到寒气袭人，里面漆黑，空明、叶丰几次想进入又怕里面情况不明，路完全生疏，万一走不出来将葬身洞里，因此作罢。一行人颇感失望，就顺着来的路往回走。没走出几步，只听身后有女人的声音问："诸位是何方神圣？找田女侠有何事？"声音平静，但中气极为充沛，内中含有一股森然肃杀之气。五人转身,见一中年女子,头发花白,但皮肤光润,面容姣好;凌厉的目光扫视着众人。空明双手合十说:"阿弥陀佛!老衲云隐寺空明,陪这位李施主来找田女侠。"说罢,手指了指李葆。女人看了看李葆说:"你看上去和我认识的一个人很像啊!"李葆豁然明白,顿时下跪,磕了个响头,说:"我是北平真定李郎中的儿子,田女侠对家父有救命之恩啊!"女人说:"令尊也是位有情有义之人,他可好?"李葆说:"几年前已去世。"女人说:"可惜未能再见一面以致谢。"李葆说:"家父曾说,有急难事可到冰雪洞找田女侠。"

叶丰却想知道这位田女侠的武功究竟如何,便上前两步说:"李大夫对女侠功夫致为钦佩,我等也想一睹女侠神功威力。"女子说:"你们想见什么?我可不会表演。"空明作了个揖,说:"那就恕老衲得罪了,向女侠讨教两招。"言毕,一拳击出,拳风直奔女人袖子下摆。女人穿着衫裙,衫裙袖子宽大,下摆击中并不伤身。女人轻声说了句:"还不错的拳。"身形不动,裙袖微拂,空明的拳风就被消解于无形。空明岁数大、涵养好,但毕竟是习武之人,见自己所发之招被对方极为轻松地化于无形,一激之下猛然又出一拳,这一拳拳风直袭对方璇玑、华盖二穴。女人身形依然不动,只是裙袖拂动幅度比刚才的要大,又将空明的拳风化解。空明正想出第三招,女人说:"你们几个一起来吧!"空明对叶丰、焦蕴说:"那我等三个就一齐向女侠讨教吧!"空明挥出一拳,叶丰也向女人挥出一拳,焦蕴手里的熟铜棍也戳向女人。女人依然身形不动,只是袖袍用力一挥——这下是真用力,三人的招数又被化解了;而且一挥之后,空明被震退了一步,叶丰退了三四步,焦蕴则后退更多,差点跌倒。看样子女人出手还是留情的，三人并无大碍。原来女人听空明言语客气，且第一拳击的是袖子下摆，显然是为了避免伤及自己身体，还真有出家人慈悲之心，所以女人出手也就注意不伤及三人。

叶丰站稳后，急忙拱手作谢，说："女侠神功，今日得见，我等被聚钱令手下追杀，迫于无奈，只好求助女侠。"女人问："可知聚钱令门下要追杀你们的是什么人？"空明说："应是天妖刀。"女人说："聚钱令能耐真是不小，连天妖刀也听命于他。天妖刀为何要追杀你们？"叶丰说："实不相瞒，我叫叶丰，开锦缎庄，这位叫焦蕴，开铜壶店，天妖刀问我二人要银子，并未追杀空明师父他们，空明师父和这位续命掌柜、葆康堂李大夫是出于正义要陪我们一道去少林。"女人冷笑一声说："既然要去少林求助，又来找我做什么？续命掌柜缘脉指韩鹤年不是被玉碎掌杀死了吗？怎么又起死回生了？看你这样子好像武功全废了。"韩鹤年说："女侠神眼，在下武功的确全废，当时凭着祖传的龟息闭气功躲过一死。"叶丰说："我等行了一段路，看到天妖刀——也可能是天妖刀的人用竹剑射来纸条，说已知我们要去少林寺，要在少室山下等我们。"女人说："你们不要去少林寺他不就等不到了吗？"空明说："聚钱令门下敲诈勒索、为非作歹，我等躲得过初一躲不过十五，总会被他们找到的。虽然可以一拼，但我等实在不是天妖刀的对手。女侠不肯出手相助，看来我等命数是在劫难逃了。"女人又冷笑一声说："你们面子好像很大啊，比聚钱令还大，要我护送你们去少林寺，当你们的护卫。"空明说："罢了。续命掌柜、李大夫请回吧，此事与你们没什么关系，只是天妖刀已知道你们与我等在一起，以为关系密切，回去后要设法隐藏一段时间，多加小心。老衲陪叶施主、焦施主同去少林寺。"李葆说："我虽不会武功，却也知武林正邪，这位缘脉指韩大夫就惨遭玉碎掌荼毒，我曾被逼为玉碎掌疗伤，于心有愧哪！我决意与几位一同去少林寺。"女人轻叹一口气说："这也是命数，我也不能看着一位好人的儿子有性命之虞而不相助。那就送你们到少室山下吧！但愿山上的和尚能保得住你们。"那语气似乎对少林和尚很是不屑。

这样，一行人就往少室山去，一路倒也平静无事。就在一行人来到离中岳庙百八十里距离的一片树林中时，林中响起一阵磔磔笑声，并有话音传出："几个大男人要靠一个女流之辈护行，哈哈哈……"话音甫落，有两人出现在前面，一个是年过花甲的又矮又胖的老头，一个是壮硕的中年汉子；矮胖老头提着一把比他人还要长的大刀，壮硕的中年汉子握一柄黑色长剑。空明说："即便妖魔鬼怪法术高强，老衲向佛之心也不变，故而不惧。"矮胖老头嘿嘿一笑，说："云隐寺老和尚有骨气！接我两招试试，看看骨头有多硬。"言毕，一刀向空明划去。空明一边后跃一边用一招"罗汉伏魔"反击。这"罗汉伏魔"是空明拳法中最为厉害的几招之一，但空明击出后，瘦干老头身形未动，大刀轻挥，空明的招数立刻化解于无形，而且，刀风还在挺进，把空明逼得接连后退。瘦干老头见状怪笑了两声，说："再接一招看看惧不惧。"这时，女人说话了："天妖刀一把年纪了却丝毫不知收敛。"声音平静却带着一股肃杀之气。干瘦老头说："不错，一眼就认出老夫。既是'护镖'的，想必功夫很是了得，让老夫试试如何了得。"刚说完，已腾跃到女人身边，速度极快，手中大刀一扬劈向女人。女人身形微侧就避开了刀锋，同时将佩剑抽了出来，所有的人都感到了剑的森寒之气，空明几个不禁往旁边退了几步。干瘦老头极为吃惊：还未遇到几乎不动就轻而易举化解自己招数的对手，便凝聚起精神，"唰唰"挥出两刀，这两刀直取女人中庭、鸠尾、巨阙、上腕四道大穴，刀风劲猛；女人提剑连挡带攻，人停立原地脚步依然纹丝不动，化解虽不如刚才那般轻描淡写，却依然轻巧，剑气突破刀风直袭干瘦老头华盖、紫宫、玉堂三穴；老头举刀格挡，但显然感觉剑气凌厉，不得不稍侧身，还被逼得后退了几步。干瘦老头尚未站稳，女人的剑又已袭来，女人的脚步还是未动，只是挥剑幅度大了不少；剑风袭去，干瘦老头再挥刀格挡，却又被逼后退了几步；退却之中干瘦老头守中有攻，向女人挥出一刀，刀风连在一旁较远的空明他们都可以明显感到，空明几个不禁又退远了些。女人冷笑一声说："还真不赖，竟能反击。"干瘦老头的反击用力极大，女人似乎不得不移动脚步，但也只移了三四步，而且移动之中剑招又出，干瘦老头猛喝一声，一边挥刀抵挡剑气，一边向侧旁快速闪避，又立马两个翻跃，待脚跟刚落地旋身挥劈出一刀，地上落叶纷纷扬起。

这一刀是天妖刀中最为厉害的几招之一，叫"漫天要价"，刀风势大力沉，肃杀中寓有数种变化，对手任脉的数十道大穴都在刀风卷袭之中。女人却丝毫不闪避，脚步腾起前进，挥剑迎击；刀风中女人拂动着利剑，逐渐逼近老头，到比较近时突然加大了拂动的力度，剑风直穿刀风射向干瘦老头。干瘦老头显然感到了剑气的凌厉逼压，边挥刀格挡边疾速后退，但女人的步履始终如影随形般紧跟着老头，手中的剑挥动着，锋利的剑气始终紧追着老头。干瘦老头只有招架之功而无还手之力。

女人轻笑一声："能接我如此多招实属不易。"边说边加大力度挥出一剑，只见地上落叶飞起如箭袭向矮胖老头。矮胖老头似乎使尽全力挥刀抵挡飞来的树叶，嘴里说："冰雪极品剑果然厉害！认输、先走！"边说边转身奔逃，转身之际却"哎哟"叫了一声。原来饶是矮胖老头转身逃得快，任脉的筋缩、至阳两穴还是被剑气伤到。女人似乎手下有所留情，否则天妖刀要丧命或重伤。

方才女人和矮胖老头比拼之前，空明等与壮汉也眈眈相向，但女人和矮胖老头一出招，几人都既被震慑又被吸引，也忘了相斗。后来那壮汉见情况不妙便悄悄溜之大吉。

原来，壮汉是魔影剑的徒弟，就是刺杀扬州同知蔡远顺、被林良风打败的那人。天妖刀将锦缎和飞镖包裹好放在两人的小院里后就接到聚钱令之令，有急事要办，就嘱咐魔影剑的徒弟盯住这两人，并及时与自己联系，待自己办完事后就来找叶丰、焦蕴。

十二

女人倒也不追，只是轻笑一声，说："天妖刀不过如此。"空明说："久闻冰雪极品剑之名，以为是神话传说，今日得以一睹神采，名不虚传。老衲代表几个谢女侠救命之恩。"女人平淡地说："区区小事，不足挂齿。此处离少室山已很近，为免最后出什么意外，我就再送你们一程，到少室山下吧！"

一行人中因韩鹤年武功被废、李葆不会武功不得不走得慢。行了些路，女人说："山脚到少林寺也有些路程，难保不出意外,你们中有谁先上山叫个功夫高的和尚来接你们。"李葆说:"我和山上的俗家弟子颜化交情颇好,我先去。"空明说:"你不会武功,此处到山上还有些路,万一有人拦截就不妙了。老衲和普惠、广施相熟,虽然普惠西去,广施在南少林,但老衲可请求方丈请个达摩院或般若堂长老下山。"女人冷笑说:"老和尚好大的面子,你凭什么可以叫达摩院或般若堂长老下山接你们?"这一说,空明等全都发愣。韩鹤年说:"我有祖传疗伤续筋秘方可献予少林寺,出家人救死扶伤也是积功累德。"女人说:"这话说有几分理,少林寺和尚可能被你说动。老和尚你就先去吧!这两人走不快,看来得在附近找个地方歇一晚再走。老和尚,你可得设法叫寺里高手下山,关系这么多条人命哪!"这样,空明就先走一步,女人连同其他人就去找个客栈歇息。

第二天,众人起了个早向少室山而去。巳时稍过,一行人就到了少室山下,只见不远处空明与一位年纪与其相仿的老僧走了过来。空明介绍说,这位是般若堂长老虚观大师。

原来空明进入山门知客僧即接入客堂,空明刚坐定就说同普惠及弟子广施相熟,知客僧忙说:"广施因想念师父,来看普惠,不料普惠师父已圆寂。广施现在寺里。"空明连忙要知客僧带他去见广施。林良风常去看望广施,空明见到广施时林良风刚好也在。空明便向广施说起天妖刀奉聚钱令之命勒令叶丰、焦蕴献出银子,自己与叶丰、焦蕴商议去少林准备请少林寺主持正义铲除妖魔,因拐去祭拜韩鹤年而发现其尚在,又如何遇见李葆,再又受到天妖刀威胁,李葆建议先找与他家有缘分的田女侠,冰雪极品剑田女侠打跑了天妖刀并护送几位到少室山下,因韩鹤年和李葆不会武功走得慢要歇一晚再走。空明说因担心山脚到寺里还有些路,怕在半山出意外,所以他特地先上山想请一位武功高强的师父下山接应,林良风说,他曾听虚观师父提起过冰雪极品剑。虚观师父跟自己说过一些武林最好的功夫,其中就提到冰雪极品剑。林良风说,记得虚观师父还感慨道:"冰雪极品剑独傲江湖,可惜始终不能一睹风采,若是有机会倒是想讨教几招。"广施说:"不如去与虚观大师说一说,虚观大师若肯下山接几位上来,这一路是不用担心有人能将几位怎样的。"

三人就去般若堂,见到虚观后,空明说冰雪极品剑一路护送他们几个来,虚观一听冰雪极品剑将到山下顿时来了精神,虚观问空明是如何请动冰雪极品剑护送的。空明说,一行人中有一位叫李葆,其父与冰雪极品剑有交情,李葆请求冰雪极品剑护送,冰雪极品剑就应允了。但虚观说,他知道冰雪极品剑是个女流,却不姓田,姓孟,江湖也称孟神女。虚观又说,能如此轻松打败天妖刀不管是不是冰雪极品剑,也是江湖奇异女侠,值得会一会,不过此事需禀过方丈。几人去见了方丈,虚观说,既然冰雪极品剑亲自送几位到山下,自己去迎接也显得少林礼数周到,方丈一听觉得有理就答应了。广施、林良风要随虚观一起下山,虚观说:"如此多人去,未免显得我少林无能。"广施、林良风只得作罢。

女人说:"既然般若堂长老来了,我也就放心了!"说罢便要转身离去。虚观说:"阿弥陀佛!女施主暂停片刻,老衲听闻女施主是冰雪极品剑,可老衲向来以为冰雪极品剑是一位姓司马的老婆婆,这就把老衲弄糊涂了。"女人转身说:"老和尚,你要弄那么清楚干什么?"虚观问:"女施主可真是冰雪极品剑?"女人说:"是又如何?不是又如何?"口气含有轻蔑的味道。虚观说:"刚才老衲说了,老衲向来以为冰雪极品剑姓司马,而空明师父说女施主姓田,故有疑问。"女人不耐烦地说:"姓司马姓田与你何干!你快带他们上山吧,我要走了!"虚观说:"且慢,冰雪极品剑声震武林,如是假冒岂不有辱冰雪剑威名?"女子淡然地说:"怎么?你想试试真假?"虚观回答:"正是。"女子轻蔑地说:"老和尚,你就用你的般若千化掌来试试吧。"虚观说:"那就恕老衲得罪了!"

虚观说完,般若千化掌中一招"闲心向禅"向女人递出。这一掌看似平淡无奇,却是寓刚于柔,笼罩对方六道大穴。女人并不用剑,只是侧身避开。虚观紧接着出第二掌,这一掌刚柔并济,刚力击向女人的承浆、廉泉、天突三穴,柔劲卷袭女人的建里、下腕、水分三穴。女人"咦"了一声,闪避幅度要比刚才大得多,但依然没有出剑。虚观见自己使出两招对方竟不拔剑,不禁生出一股气,加力发出第三掌,这一掌不仅力道比较大,而且寓有变化,掌风先击神庭、上星、囟会三穴,对方若是闪避,掌风则会分叉袭击旁边的目窗、正营、承灵等穴道。女人终于拔剑,边挥剑劈开掌风边说:"般若千化掌还真不一般。"女人这一剑化解掌风的同时寓有进攻,一招"顺缝裂石"直奔虚观而来。虚观见剑势犀利,用般若千化掌的"空闻卧龙归"递出化解。女人剑势翻转,一招"分花拂柳"剑气穿过掌风直奔虚观人迎穴;虚观一掌"月下万物空"反击,这一掌气势奔涌,刚劲雄猛。女人说:"般若千化掌果然名不虚传!"刚才那句"般若千化掌还真不一般"语气褒中含贬,虚观心里又生出一股气;这一句"般若千化掌果然名不虚传"才是真称赞。

女人"嗖嗖"两剑劈开掌风,一招"风穿密柳"击向虚观,虚观丝毫不敢怠慢,凝神聚气发招相迎。虚观一连发了二十多招,这二十多招是般若千化掌的精华,掌风皆雄沉厚大,而且一招出后后续之招便紧跟而至,连绵不绝。而冰雪极品剑剑气却穿云破雾般刺穿阵阵掌风,不断递进。突然,虚观掌风一变,变成绵柔轻灵,但杀机却不减,掌风击向对方迅捷犀利。掌风剑气交错缠斗,如此又过了二三十招,虚观掌风又变成厚沉刚阳;不料,女人剑气也变刚阳,刺、削、划、扫皆充溢刚猛之气,招式既出,飞沙扬土、卷叶飘花。从来刀若猛虎、剑似游龙,好剑招向来轻灵飘逸,剑当刀使,反其道而行之,却还挥舞出比刀还猛烈的力道、气势,其内力之深厚、修为之高深让虚观内心为之深深感叹!般若千化掌本就以刚猛见长,于是两人就以刚对刚斗了起来。过了二三十招,虚观渐渐感到内力消耗极大,有点疲于应付,再过一会儿则微微有些气喘,又一会儿额上有微汗;女人似也有点气喘,但不如虚观厉害,神气也比虚观闲定。虚观知道自己逊了一筹,再斗下去自己必败,于是聚起气神,大力拍出一掌,同时一个后翻跃翻出数丈之外,落地后说:"女侠神功盖世,老衲输了。"女人插剑回鞘,抱拳作揖说:"承大师所让!还请大师带他们上山。"言毕,三步两步人已去远。

虚观带着一行人一路上到少林寺,林良风、广施、颜化到山门接入。虚观让广施、颜化带一行人歇息,自己由林良风陪着默默回到般若堂。林良风见虚观脸色微微发青,气息也不如平日那么平和,待虚观坐定后端上茶水,又待虚观喝了两口后问:"师父是否有不舒服?"虚观轻叹一声说:"师父与冰雪极品剑过了手,师父输了。此战平生未遇,耗了我不少真气,那女人显然是冰雪极品剑的传人,冰雪极品剑真是了不得!"听虚观言败,林良风心中不禁发凉:般若千化掌在武林何等尊傲,却败于一个女流之辈。虚观又喝了两口茶,然后坐于蒲团上打坐运气,林良风则静静陪坐于旁。约莫过了半个时辰,虚观坐回椅子上,对林良风说:"其实并非般若千化掌不行,而是老衲无能。般若千化掌的要妙之处老衲未能领悟,悟性差了一截。今日之败,有愧于少林哪!"虚观呷了口茶,接着说:"般若掌变化极为繁复,精妙幽微处需有极高悟性方能掌握。老衲悟性不够哪!收你为徒,也是期望青出于蓝而胜蓝。你慧根极佳,老衲将般若千化掌传授后,你可再看掌谱,认真揣摩,领悟出般若千化掌的精妙,日后将般若千化掌发扬光大。"林良风下跪磕头说:"师父恩德徒儿谨记,徒儿定当勤奋认真习练,光大般若千化掌。"虚观挖起一块地砖,取出一本簿册拿给林良风说:"此即般若千化掌掌谱,师父已将登堂之式连同运气吐纳之法悉数授予你,最后十三式是入室之招,接下来师父将教你这最后十三式,你可参照掌谱仔细揣摩体悟。"

此后虚观便开始教林良风般若千化掌的最后十三式。每次虚观教完,林良风自己温习时便依虚观所言认真揣摩掌谱中阐释招式的文字。一段时间后,虚观已将十三式悉数教给林良风。林良风自己练习时看掌谱文字,一段时间后,总觉得虚观理解得不很对;但将招式按自己理解的掌谱文字练也不是很对得上路。这样几次下来渐渐有些心烦,于是便在心烦时打坐默诵《般若波罗蜜多心经》,心经念诵下来,顿觉心静神清。这样,十三式一旦练习有疙瘩时，林良风就会打坐念心经，如此这般有两个多月。一日，练习十三式中的"笊篱捞取浩荡风"时，脑子里突然想到《般若波罗蜜多心经》中的一句，顿觉腹中真气涌动，通过膻中穴透抵达四肢，丹田则感到酥麻舒服。林良风一掌击出，但觉掌风浩荡而又井然有度。再默念那几句经文，又体会一番，再击出一掌，觉得更加顺畅；只是自己内力尚不如师父虚观。林良风又练下一招"高崖流水草微长"，发招前回想了一遍心经，又一句从脑海中跳出，顿然醒明，一掌击出，感觉柔顺和畅劲道又有力绵长。

此后几天，林良风对十三式反复练习揣摩，大部分招式林良风都可对应心经中的一句经文，但有三式却始终无法与心经对应，因此这三式练起来总是觉得不顺畅，而十三式也就难以连贯起来使出。林良风将自己所感所悟一一说与虚观听。虚观听后有的恍然大悟，有的大部能懂，有的则似懂非懂。虚观对林良风说："你的悟性要高于老衲，日后成就难以限量。"林良风说："若非师父收我为徒授予般若千化掌，登堂都无从说，入室就更别谈。"说着就下跪拜谢虚观。虚观连忙扶起，说："你我相处多日，相知甚深，心胆相照，不必多礼。你内力若能再上一层楼，般若掌使起来就更显威力。你不久就会超越为师，般若掌能有恰得其宜的传人，甚好甚善！"虚观喜悦之情溢于言表。

十三

丰应、于兴离开崖梅堂后便与老叫花分手，两人一路向北往京城去。两人进入南直隶府太平府治当涂县，找到府衙，拿出令牌，府衙忙安排两人住宿歇息。不意半夜老叫花却进入二人屋内，老叫花告诉二人，自己早知二人底细，自己也是锦衣卫的。原来锦衣卫首领——锦衣卫指挥佥事朱骥比较正直耿介，有一批正直的武林人士为其所用——当然这些人也忠于朝廷。老叫花告诉二人，自己叫叶无功，受朱指挥之命长期在扬州一带游荡，监视官吏，禀报民情。此番自己也有事入京向朱指挥禀报。这样，三人就一同入京。其实，朱骥要丰应、于兴办完事后立即到京城是有重要的事让两人去做。不久又有一件事使朱骥要找老叫花来做，就迅速让人告知老叫花让他与丰应、于兴一起来京，因老叫花武功高强，一齐来，丰应、于兴的安全更有保障。老叫花接到朱骥指令后就迅速找到丰应、于兴。

老叫花叶无功向朱骥禀报：这两三年来，一些富豪大户、官吏乡绅，乃至寺院道观屡遭聚钱令敲诈勒索，许多武林人士也惨遭杀害，聚钱令已让天下惶惶不安，不知其意欲何为。叶无功经过追查，目前已知通海帮、玄剑门、五雷拳、绝命刀、追风刀、扫叶棍、巨蝎门、金鹰帮、玉碎掌等听命于聚钱令。更为可怕的是，天妖刀、魔影剑、鬼影剑、怪手棍四个师兄弟也都听命于聚钱令。朱骥说："聚钱令横行早就有所闻，也知道不少武林名家听命于聚钱令；只是从你刚才所说，才知道有如此多的名门帮派听命于他。这个聚钱令到底是谁？意欲何为？"老叫花说："属下也一直在探查发出聚钱令的到底是何人，但始终未有结果。"叶无功在锦衣卫的品秩较高，是朱骥的心腹，朱骥说："受皇上之命，我派人注视钱堂胡同的动向，钱堂胡同里有一户人家与西厂厂公汪直过从甚密；而且监视之人几次见到据说是聚钱令身旁的四大护法中的朱雀、玄武进出那户人家院子。监视之人对我说，似乎也有人跟踪他，因此此次急叫丰应、于兴来就是为了此事。丰应长期在外，知道他的人极少，于兴抛头露面少，换丰应监视，于兴配合接应。"汪直好财，搜刮聚敛超度，皇上也有所闻知，只是出于多种考虑暂且由着他。老叫花还头一次听说聚钱令还有四大护法，心想既然有朱雀、玄武，就一定还有青龙、白虎；这朱指挥还真不简单，手下有那么多好手，能认出朱雀、玄武的人一般来说应也是武功极高的，看来锦衣卫里真还藏龙卧虎。朱骥继续说："此事切不可向第三人说，是要杀头的。"汪直手握重权，不仅东厂、锦衣卫许多事不得不听命于他，就是朝中重臣也常受他欺辱，老叫花自然明白其中利害。老叫花还想，应不会叫自己去对付朱雀、玄武吧，聚钱令身边的护法，自己可没有把握对付。老叫花问："指挥此番招属下来何事？"朱骥说："兵部尚书顾忠多次上表圣上历数汪直罪过，汪直对顾忠怀恨在心。顾忠为防万一，让长子到开封府暂住，而我得到密报，西厂要派人去开封府杀顾忠长子，你速去开封府护卫忠臣之子。我这里有顾大人写给其子的信，你可带上。"老叫花说："一切听指挥吩咐。"

老叫花到开封府找到了顾忠的长子，将顾忠的信交与他，顾忠在信中吩咐他要听从来人安排，来人是来保护他的。

天妖刀接到聚钱令命令要他勒令叶丰、焦蕴交出银子，刚准备好就又接到聚钱令要他急速赶往开封府的示令，匆忙之中就将锦缎、纸条、银镖交给近来一直和自己在一起的魔影剑的徒弟——那位刺杀蔡远顺、两次败于林良风之手的人。他交代这位师侄将相关东西裹成一包，分别投在两人院内，静观即可，不可轻举妄动，一旦失手反而坏了聚钱令声名，聚钱令怪罪下来可就不好了。他的这位师侄是西厂的人，一看师伯手里的银镖竟与自己的一模一样，不禁吃惊。但他忽略了银镖的镖杆上没有那颗小小的碧玉。原来，西厂与聚钱令勾结已有些时日，汪直嗜财如命，聚钱令所勒索财物有所进贡给汪直，汪直则对其默许，甚至还提供些对西厂不满的有钱官吏的线索；否则，以汪直的势力——可号令东厂、锦衣卫，基本铲灭聚钱令的势力是完全可以做到的。当西厂里的人给汪直看聚钱令所打造的银镖时——与西厂的一模一样，本以为厂公汪直会发怒，没想到汪直微微一笑，说：“很好、很好。"手下不知汪直葫芦里卖的什么药。其实汪直心里想的是：如此甚好，今后一旦有什么事皇上怪罪下来，恰好可以往聚钱令那边推。

　　天妖刀对那位师侄说，聚钱令要自己火速前往开封府有要事要办，自己先走；并告诉师侄如叶丰、焦蕴交出银子该如何处理，并交代处理完这些银子速速来开封府与自己会合。这位师侄将东西放于叶丰、焦蕴的院内后，第二天就不见了两人，又四处寻找依然不见踪影，一时也无计可施，就前往开封府找师伯天妖刀。到了开封府后依据事先约定找到天妖刀闻大雷，闻大雷说，聚钱令要他杀掉一个人，这个人身边有一个高手在护卫，他要迅速找到他们。闻大雷说你师叔鬼影剑刚好也在开封府，叫这位师侄先去鬼影剑那儿，鬼影剑武功尽废，先去他那儿保护好他。魔影剑的徒弟找到鬼影剑，恰好玉碎掌的儿子也在鬼影剑那里，他就陪他们到葆康堂问诊。李葆问韩鹤年的一句"老哑巴，您这是要出远门啊"引起了魔影剑徒弟的注意，就悄悄跟踪空明他们。他又设法知会天妖刀：空明几人要去少林寺。并建议闻大雷在通往嵩山的路上拦截空明他们，自己还放了竹剑威吓空明几个。

　　天妖刀闻大雷接聚钱令急令,去杀在开封府的兵部尚书顾忠的长子,并得到聚钱令告知顾忠长子身边有一高手护卫,护卫之人武功极高,要分外小心。闻大雷找到顾忠长子的住宅,进入后遭遇老叫花,才过了几招,闻大雷就觉不妙,对方武功要高于自己,打下去必败无疑,甚至性命不保,幸亏提早有所准备,发现不对,就将准备好的一包石灰撒出,撒出石灰的同时矮身下蹲快速蛙跳逃逸。老叫花一掌击出却击空。为了逃命,天妖刀闻大雷竟然全然不顾江湖成名人士的颜面,用出了下三烂的手段,幸好当时旁边无其他人看见。闻大雷只得写好文字通过线人如实禀报聚钱令,自己不是护卫顾忠之子的人的对手,幸好令主提早告诫说对手武功高强,使自己提早防范准备,不仅捡得一命而且毫发未损,自己将速去拦截叶丰、焦蕴,逼他们交出银两,交与令主,弥补衔命之不力。闻大雷找到那个师侄后便去拦截空明几人。

　　林良风在少林寺既已学完般若千化掌,就又回到广施那儿帮厨,闲下来时除了温习轻描淡写功和般若千化掌外,就是念经。除了默诵《心经》,还念《大般若经》中的其他一些经文,也还念《光明般若经》《胜天般若经》《金刚般若经》等经文。遇到不明了处就去请教虚观,有时虚观也不能解透,就带林良风去请教达摩院首座了悟。了悟对虚观说,武林要出奇才了。

　　一日,林良风在后山练般若千化掌中练得不那么顺畅的一招"高天云翼度轩层"时,脑中突然涌现《光明般若经》中的两句,灵光突现,丹田气缓缓上涌,气海穴感觉异样,一掌自然而然拍出,前面的枯枝败叶顿时飞扬而起,但飞扬起来的枯枝败叶并非散乱地向前飞出,而是一大片如波浪般起伏着向前飞涌出去;前面一棵不大不小的榆树竟齐齐被掌风折断。林良风大为惊喜,依样画葫芦演练另一不那么顺畅的招式"莲花不著秋潭水",感觉掌风席卷而出,前面未被上一掌卷起的比较大的数条枯枝扬起如离弦之箭向前飞出。欣喜之余,林良风再依样画葫芦打还有不顺畅的一掌"六时长捧佛前灯",但这回却并不灵验,依然不很顺畅。林良风见天色不早,就返回僧舍,打算明天抽空再练。

第二天,帮广施在后厨做完事情后,林良风又来到后山,思索了一番将"六时长捧佛前灯"再练了一下,还是感觉不很顺畅。停了一会儿,将般若千化掌所有招式连贯起来演练了一遍,终究只有一招不顺畅,总体是相当连贯顺畅的,感觉比往日威力要大得多。林良风想:要是"六时长捧佛前灯"能练得顺畅,再将全套掌连贯起来练熟了,那威力就更大了。

十四

华林寺住持济生觉得闽地近年收到聚钱令威吓敲诈虽不算多,但大大小小累总起来却也颇可观。听命于聚钱令的那些人武艺高强、神出鬼没,闽地武林都遭其荼毒,中原一带的武林更可想而知。济生觉得,如此下去武林将凋敝破碎,因此他想找鼓山涌泉寺护法海月法师一同前往嵩山少林寺,恳求少林高僧出山为武林主持正义。涌泉寺前有香炉峰,后倚白云峰,形制宏伟,气象庄严。济生来到涌泉寺见到了海月护法。海月对济生说,今日天色已晚,明日待方丈讲经结束,禀过方丈,得其应允即可一齐去少林寺。

第二天卯时过了半个时辰,熹光初露,方丈就已在法堂讲经;不仅是寺内僧侣在听,涌泉寺旁的一些洞穴常有云游僧人、居士在其中修炼,也都出来听讲。异地能到山上修行的,也都是虔诚信徒。方丈讲经结束,海月便禀方丈,说济生住持如此这般说,希望自己与其一起到少林寺一趟。济生在旁,连忙说是这样,请方丈肯允。方丈先是面露难色,但略一沉吟也就答应了。即刻,但听有一人说:"海月护法不可随行。海月护法不仅负有守护涌泉寺之责,一旦榕城有事,也仰仗护法驱魔除恶,故护法任重责大。不如让贫僧陪同济生方丈同去,一路上也好照应。"众僧转头看,但见后面有一年约半百的僧人,气貌清朗,目正鼻方,天庭开阔,只是略微黑瘦。方丈说:"这位是在白云洞西边的蝙蝠洞修行的师父吧?尊师真量法师几十年如一日在蝙蝠洞中修行,老衲曾数次请尊师讲解经文,尊师德行修为极为高崇。"僧人说:"师父高德弟子不及万一。"济生说:"德行修为固然重要,但此去山高路远,前途莫测,凶险危机难免,师父可会点功夫?"僧人说:"济生方丈但请放心,贫僧武功虽不及方丈,但可帮方丈挑担携囊,对付几位蟊贼也还是可以;即使遇见聚钱令手下也难说对付不了。"众人心中皆笑其口气太大。

济生则走出法堂,来到廊沿旁,站在廊沿与天井交界的一块石头上,脚下发力一蹬,然后脚步移开,但见那花岗石石沿巴掌大的一块石头断裂掉下到天井。那僧人也来到廊下,神色似乎有些慌张,目光向下搜寻了一圈,来到一处用几块青石新修补的廊道沿口上,对着青石脚上发力,用力幅度明显比济生大，且是连蹬两下，一块巴掌大的青石也断裂掉下到天井。僧人双手合十对济生说："惭愧，方丈见笑。"济生是个宽厚之人，见僧人能将青石踩裂，武功也不弱，就说："怎么见笑，师父也是好功夫哪！"自然，花岗石比青石坚硬许多，而且，济生发力时动作幅度比这位僧人小，济生只发力一次，僧人发力两次，两者高下已分。

济生说："这位师父所说也有理，海月师父不应离开，这位师父与老衲一同去少林寺，一路有个伴也好。"济生问僧人："小师父怎么称呼？"僧人答说："贫僧法号寂性。"僧人虽然看上去年纪也已不小，但济生看上去则要年长得多，故而称其小师父。

第二天，济生、寂性起了个早一起下山。寂性在前，济生在后。寂性问济生："方丈可遇到过聚钱令？"济生说："聚钱令手下老衲遇到过一回。"寂性问："可曾交手？"济生说："略有过手，老衲略胜。"寂性说："不知海月护法和西禅寺的护法是否遇到过聚钱令的人？"济生说："没有听说遇到过。聚钱令的人遇到他们毫无胜算，两位护法的武功可比老衲高强不少啊！"寂性说："既然聚钱令手下对他们毫无胜算，方丈又何必如此崇信少林寺？少林寺来人拜会闽地师父亦无不可。"济生面色明显不悦，说："少林乃武林宗主，岂有来南地小寺拜访之理！"寂性说："宗主不错，但宗主也不见得总是武功第一，有道是能者为师。"济生一听脸色更是难看，半呵斥着说："你如此轻视少林寺，不知天高地厚！"寂性说："贫僧非敢妄说，新流常常胜旧水。不过去拜会拜会也好。"济生听罢，怒不可遏地喝道："此乃狂妄之语！从来未听说什么新功夫能胜少林！"寂性赶忙转身颔首说道："方丈也许斥责得对！"说罢转身继续前行，刚行得几步，济生便听得一声很轻的石头断裂声，一看，是寂性走过的一个石阶阶沿被齐生生踩断一块，断裂的石块有两尺多长。石阶是花岗岩所砌，石头断裂得极为整齐，犹如被利刃所切割。如是寂性所为，如此操控自如，刚才也不见其停顿用力，则此人内力深不可测，简直是神功，此等功夫济生平生未见，如果真是此人所为，说明昨日此人踩踏青石是在作假。济生惊疑不定，喝问："你到底是何人？"见寂性转身，不禁一掌拍了过去，济生的掌叫排云掌，相当的刚猛。不料寂性丝毫未动，硬生生受了济生一掌。寂性笑道："方丈好掌法。"济生受此一激，拍出排云掌中厉害之招，寂性依然纹丝不动承其一掌，分毫无损。济生不禁眨了眨眼，定睛看寂性，问："你是人是鬼？"寂性微笑着说："贫僧寂性。"济生问："你是什么神功护体？或是我佛保佑？"寂性说："方丈，我们边走边说吧。"济生心想：此人是友非敌，他若出手，自己必死无疑。

寂性告诉济生：自己其实已年逾花甲。自己在蝙蝠洞跟随真量师父修行、练功多年，涌泉寺似乎也没人在意真量师父和自己，而这却正是师父和自己所希望的：岩下白云做伴，峰前碧障为邻；不干名与利，离别爱与憎。

寂性说，真量师父告诉自己，数十年来从未遇到对手。真量师父一年多前圆寂，圆寂前已将功夫悉数传给自己。说到此，寂性喟然长叹一声。济生突然想：也许寂性说让少林寺僧人南访不是什么大话。寂性说，去少林寺前需要先到丹徒城外去见一见崖梅堂的轻描、淡写兄弟。济生说，久闻轻描、淡写神功惊世，只是神迹难见。济生问："师父用的是什么功夫？"寂性回答："南天孤雁掌。"济生惊得眼睛嘴巴张得老大。

十五

寂性、济生一路向北，饶是两位脚力强健也行了近一个月才来到崖梅堂。轻描、淡写二人都在，将两人迎了进去，寂性向轻描、淡写与济生做了相互介绍。轻描、淡写让厨子煮了上好的素食招待两人。两人用完素餐后，淡写对寂性说："一别三年有余，甚是想念。今日天色已晚，二位师父先去歇息，明日好好叙叙。"

第二天吃完早饭，四个人坐在淡写院子里的石桌旁，书童端来上好的龙井。轻描说："二位请用茶。寂性师父近年可都好？"寂性说："还好。二位也都好？"淡写说："我兄弟俩几乎不问江湖事，整天闲花和风，过得也是自在。"寂性说："此次陪同济生方丈去少林寺，顺道小弯一下，来拜访、看望二位先生。"淡写说："难得南天孤雁掌如此诚心，我和小弟谢过！"边说边站起拱手作揖。寂性说："是贫僧应谢二位。当年淡写先生代贫僧用南天孤雁掌击败鬼影剑，护住了南天孤雁掌的声名，也保护了贫僧的性命，先生的恩德贫僧时刻铭记。"淡写笑着摆摆手说："寂性师父过誉。按佛门说法，一切皆是机缘，皆是注定，在下所为义不容辞，想必师父武功今非昔比。"寂性说："比当年应是有所长进。当年修为未到，争强之心未泯，急练导致内气逆行，伤了心脉。亏得师父真量大师帮助疗治，先是帮我闭穴，这闭穴非师父不行，否则有性命之虞，师父闭我数道大穴，一时气脉全无，师父再用他独制的草药给我熏灸；再是从五道大穴输入真气,输入太多太少都不可以,也只有师父能掌控得好。如此每次皆闭穴、熏灸、输气,有七八次。之后,就是让贫僧跟着他念经,念完之后师父又讲解一个时辰的经义;再是打坐运气。念经、讲解经义、运气调息,如是有三个多月,不仅心脉之伤痊愈,内力也大为增强,对南天孤雁掌的感悟与原先有很大的不同。我日常自己温习掌法,出掌感觉与原来有很大的不同。师父偶尔还会指点一二。"寂性呷了口茶,慨然长叹:"但过了不久,师父便西去了。"淡写说:"一代神僧哪!"轻描说:"大师出高徒,师父今日之南天孤雁掌定与往日不同,能否让我兄弟一睹神采?"寂性说:"二位先生的功夫也定是更高超了。"

淡写说:"老友就不说太多客套话了,在下写几个字请师父指教。"说罢,拿起精钢笔走到另一张石桌旁,凝神运气,在桌面上写起来。一会儿写就"清院来高僧"五个字,古拙雅致。淡写原先的字一尺见方,现在这五个字则是五六寸见方,入石约一寸。石板上写字,越小入石越深就越难。淡写的字从当时林良风看见的一尺见方、入石不到半寸,到现在的五六寸见方、入石一寸左右,功夫比当时要深了许多。寂性不禁朗声赞道:"先生功夫深湛!佩服!点如高空坠石,摘如雨骤,横如……"轻描说:"寂性师父不必客气,请展现一两招让我兄弟俩开开眼界。"寂性说:"老友相见,恭敬不如从命,寂性就献丑了!"言毕,从石凳上站起,略走几步飞身跃上对面墙头,但见上墙后左手食指往墙上一戳,便单指悬挂于墙上;右手食指在白墙上比画着并未触墙,指气在墙上写出"江山扶秀户",左手食指离墙,身体移动,食指再插入墙壁,右手又写了"日月近雕梁",

合计十个字，每字约三寸见方，深约一寸。泥砖之墙虽不如石板坚硬，但指气化虚为实，不触墙而刻写，而且整个身体靠左手食指挂着，从容而写，字体比淡写的小了将近一半，这份功力显然要高出淡写。轻描、淡写几乎同时赞叹："好功夫！"

寂性落地，朝北墙看了看，目光落在一幅图上，图名叫《碧池静照寒松影》，"碧池静照寒松影"是唐代刘沧《夏日登慈恩寺》中的一句。寂性右手指了指这幅图，说："这幅图画得真好，没想到淡写先生书法好，丹青也妙，不过书画同源，书法佳者画也常有可观。可否让我在旁也画一幅？"这幅图是淡写最为喜爱的，淡写连忙说："不可、不可！师父要画另择佳处，不可画于此画之旁。"边说边走了过去。寂性说："贫僧看看这松枝有的不对劲，还想改改呢，也许能为《碧池静照寒松影》图增色。"说罢，举右掌扫向松树；淡写连忙举笔消解掌风，掌风即刻被消解；但不料淡写的笔还未收回，寂性左掌的掌风又扫向松枝，淡写急忙发招，以图扫落掌风，笔气竟赶上掌风；又不料掌风倒卷，将刚才匆忙发力挥击的精钢笔卷脱手翻了个个，但笔柄又到淡写手里。而此时，握笔的右手已被寂性搭住，淡写左手想发力，鱼际、少商穴的气却出不来，内力却通过天鼎穴流灌到曲池穴，然后再到合谷、三间、二间、商阳等穴。寂性说："请先生移几步，教贫僧画一幅图。"淡写知道寂性并无恶意，否则自己右手穴道早就被他拿住，又觉得右手气流比往日更为顺畅，便欣然同意。两人向右挪了几步，在一块墙壁的空白处停了下来。寂性说："先生用右手作画，贫僧左手搭在先生合谷、三间穴上，以便感受领会先生作画之意脉。"淡写颔首同意，寂性左手搭上。

淡写对着墙上挥笔,但见其上挑下划,左盘右旋,寂性左手紧随轻描右手挥动,神态专注而享受。过了一刻钟多,一幅画绘就,只见画面上远处崇山白云缭绕,近处山阶陡峭,四周树木森然,一股泉流从一个山洞流出,洞旁细竹丛生,又有三只小鸟停于旁边的一棵树上;仿佛让人能听见泉声鸟语。二人欣赏了片刻后,寂性说:"贫僧不自量力,想在图旁写几个字,先生允否?"淡写说:"如此甚好,方才见师父之字确是精湛。师父可否让在下搭手学一学?"寂性说:"先生高看贫僧了,不过,恭敬不如从命。贫僧用左手,先生右手请搭上吧。"相互允许搭穴位,只有心心相印的朋友才能做到。寂性用指气空书了"小洞生斜竹,重阶夹细莎"十个字。此次书写比写"江山扶秀户,日月近雕梁"要慢许多,字体也比上回大了不少,五六寸见方。书写完毕,淡写抱拳作揖对寂性说:"谢寂性师父!请继续喝茶。"两人又走回石桌,与淡写、济生一起喝茶。

对当年淡写冒充自己出战,维护了南天孤雁掌的声誉,寂性一直铭记在心。寂性回到涌泉寺向师父说了与轻描、淡写的事情。师父真量说:"因缘得助,助需相互,是为互助。增益善念之人,亦显我佛慈善力,日后有机会亦可将南天孤雁掌之一二回报于有缘之人。"所以,寂性乘此番去少林寺,稍稍一弯去看望轻描、淡写兄弟,也想得便报答二人。寂性因前番好胜心切,习练过急,导致气息紊乱,伤及心脉。此等上乘武功,最忌有差池,些许差池都将危及性命,所谓差之毫厘谬以千里。受真量教诲后,彻底沉下心来随真量念经体悟。南天孤雁掌是极为上乘的武功,需要颖悟力极强之人才能学习,真量在遇到寂性之前从未收徒,就是因为没有遇到合适的人。经过此番挫折,寂性对真量所说循序次第增进有了真切体会,随后功夫修炼反而进展神速。真量圆寂前对寂性说,寂性的功夫已超越自己,南天孤雁掌终于有了完美的传人,自己岁数大了,可以放心西去了。真量还说,希望南天孤雁掌能代代传下去,但估计也难。寂性说这要看缘,真量说是。

虽然寂性对真量圆寂已有心理准备,但是真量的离去还是让寂性悲伤了一阵。寂性对聚钱令为祸江湖愈来愈烈有所耳闻,南天孤雁掌已圆成,该出山了!

前一刻寂性跃上墙头,单指挂身,从容书空,三寸见方的字,字字端正。轻描、淡写已知功夫与寂性相差甚大,所谓行家一出手,便知有没有。寂性说搭淡写指腕学绘画,淡写知是寂性欲授予或点化自己武功。轻描、淡写对武学极为痴迷,如今寂性欲授功夫,内心自是喜悦。寂性往淡写手腕上一搭,淡写运气画画,几笔之后,寂性的听劲便听知淡写行气路数,时不时注入真气,那真气宛若小游龙,虽然极细,却游动有力,一路直抵气海穴。寂性以意领之,以气导之。淡写武功本就极高,心领神会,气力相随,一幅气韵生动的图案就在两人的合作下完成了。紧接着就是淡写随寂性写下"小洞生斜竹,重阶夹细莎",十字"入墙三分",乍看温婉柔和,细品筋强骨健、丰神秀逸。

淡写呷了口茶,说:"有点累,允我歇息片刻。"说罢闭目养神。寂性很是吃惊,心想,刚才一切顺畅,自己内力绝不可能伤到淡写;再仔细打量淡写,看到他虽然闭目,但神情安泰,面色微红,心中也就明白了。淡写但觉全身舒泰,气海穴、神阙穴、膻中穴不时有气流微微跳突,甚是舒服;天鼎穴、曲池穴、合谷穴有一种酥麻感。淡写闭目将刚才寂性所引导的在脑中演绎了一遍,睁开眼对寂性说:"大恩不言谢,日后师父如有吩咐,在下将义无反顾。"寂性说:"先生言重,先生对贫僧恩重如山,贫僧应听先生吩咐才是。"轻描、淡写二人至为感动,即便无外人,寂性也不愿让淡写感到受教、受惠于自己,而以较为巧妙的方式回报淡写。在场的书童、仆人因武功较浅看不出什么。轻描、淡写功夫深自然知道其中奥妙。济生没有完全看出,但似乎猜测到什么。

恩情已报,寂性已打算第二天与济生启程去少林寺。晚饭过后半个多时辰,寂性在室内打坐,默诵经文,只听得院外有敲门声;过了一会儿,又听到轻描、淡写兄弟与人说话的声音。寂性的听力极为敏锐,听得淡写说:"今日天色已晚,就不去打扰寂性师父了,待明日介绍认识。你们去吃个晚饭吧。"又听一个声音——应是来人说:"我俩已吃过晚饭,二位师父也早点休息,明日再叙。"

第二天曙色微露时,寂性、济生来到院子,稍后,轻描、淡写和一位年轻僧人、一位佝偻老者也来了。轻描向寂性介绍了年轻僧人林良风、佝偻老者韩鹤年,也向林良风、韩鹤年介绍了寂性和济生。淡写对寂性、济生说:"这位是我兄弟二人曾经的徒儿,多年未见,一起先用早餐,用好早餐再一起来院子喝茶。二位别急着走,对付聚钱令也不是一天两天的事,在我这里歇几天,让我兄弟俩尽到地主之谊。"林良风说:"这位缘脉指韩鹤年先生当年被聚钱令手下的玉碎掌重伤,凭着祖传龟闭息心法逃过一劫。后来与云泉寺空明长老等到了少林寺,少林寺达摩院了悟大师用洗髓易筋经疗治,恢复了部分功力。此次应小僧之请一同来,是想看看能否医治轻描师父和马管家的旧伤。"轻描、淡写听了心中一阵感动:这位徒弟真是有情有义。

用好早餐,几人又来到淡写的后院,围石桌坐定,书童端上上等龙井。时值初秋,凉风习习,绿叶抖动,甚是舒适。林良风待寂性喝了几口茶后,站起合十说:"曾听师父及正觉师父说起大师,久仰大名,今日得以近见,荣幸之至。"寂性问:"小师父如今还在南少林?"林良风说:"小僧现在在嵩山少林寺,法号净尘,昨日已禀告二位师父。"轻描说:"据说广施也回了少林寺,你还跟着他?你的功夫比你的广施师父可要强多啰!"林良风说:"师父何出此言。广施师父是弟子永远的师父!当年弟子走投无路时是广施师父将弟子收留于南少林,广施师父对弟子恩重如山。"林良风对淡写说:"弟子前不久还跟随虚观大师学习。"轻描说:"般若千化掌,了不起!"

刚见面时,寂性就觉得这位二三十岁的青年僧人蕴含着一股英气,感觉说话声音与身形都与一般武林高手不一样。寂性说:"虚观大师非同凡响,能在其门下学习自是也非同凡响。"林良风却未接寂性的话,而是说:"弟子离开二位师父太久了,一日梦中遇见杨壶师父。第二天告诉虚观师父,师父说,若无二位师父,你也不可能这么快学成般若千化掌,况且,轻描淡写功并不在般若千化掌之下;时间久了,恩情不能忘,你该去看看二位师父了。"轻描说:"轻描淡写功与般若千化掌并无关涉。"林良风说:"虚观师父的意思是若没有二位师父传输内力与我,要练好般若千化掌还需花费时日修炼积蓄内力;越往后越需要较为深厚的内力才能练。"寂性见林良风说得坦诚,对自己和济生也并无忌讳，心中甚是欣悦。淡写说："你虽曾受教于我兄弟二人，而今已入佛门，师父是虚观大师，有一句话不知当问不当问？"林良风说："师父但问无妨。"淡写说："为师冒昧了，有传闻说般若千化掌败于一女人之手，可是真的？"林良风说："这说法对也不对。当时虚观大师确是稍逊冰雪极品剑一筹，但不等于般若千化掌就真的逊于冰雪极品剑。"轻描说："如此说来虚观大师已参研出克制冰雪极品剑的妙招了？"林良风说："般若千化掌博大精深，虚观大师深研勤习，我佛指点，超越冰雪极品剑势所必然。"寂性问："小师父，你可见过冰雪极品剑？"林良风答："不曾见过。虚观师父说是个女流，但武功的确了得。"轻描说："我也只听说是个女流之辈，在江湖如神一般的传说。"林良风说："神也是人所升华，如有机会小僧倒也想请教冰雪极品剑女侠。"寂性说："看来，小师父已学成般若千化掌了。"林良风说："学成不敢说，不过虚观师父已将般若千化掌尽数传授与我。"

　　轻描、淡写是武痴，哪肯轻易放过这个机会，淡写说："那我向般若千化掌讨教几招。"言毕，精钢笔一摇直点林良风廉泉、天突、璇玑、华盖、紫宫五道大穴。林良风身体后仰放平，脚尖点地平飞后退而去。淡写脚下发力向前跟去；手中精钢笔轻轻挥动像在写字，笔气不离林良风的五道大穴。林良风依旧后退，淡写紧追不舍，笔气始终照着林良风的五道大穴。林良风并不慌忙，猛然间向上一跃，人笔直而上；此招变化突然，淡写似乎没有料到；如稍慢一点，其玉堂、紫宫、鸠尾等穴必被笔风扫中。但淡写立马随机而动，跟着极快地笔直跃起，一管笔又紧逼而来。林良风身体悬空中侧身躲避，身后一棵大樟树的两根枝条被笔风扫到,"噼啪"响着落到地下。见林良风连连躲避而不出手,淡写不禁起了性子,一招"笔横沧波"使出,笔风上指神庭、头维、下关、车颊穴,下扫曲池、手三里、上廉、下廉穴,这一招照顾八个穴位,笔风凌厉,势劲力大。林良风见躲无可躲,便用般若掌中一招"无牵无挂"招架。林良风这一招以守为攻,消解了笔风同时又略有回击;掌风拂出,淡写已感到一股压力。淡写化解之后,迅疾一招"远钟扬好风"递出。这一招是淡写笔的精华之一,先点后摘,真是点如山颓、摘如雨骤,势峻力劲。林良风不得不出手抵挡,一招"增减皆无"使出,淡写的笔气被疏散,同时一股柔和之力向淡写涌来,好几道大穴都被林良风的掌风笼罩。淡写心中大惊,万没料到林良风竟把般若千化掌练得如此出神入化,以他所知,虚观的般若千化掌达不到这般境地。淡写用上十八招中的"笔作干戈定太平",这招也是淡写笔的精华之招,还用足了内力。不想,林良风又一掌连绵而至,此掌速度奇快,追上上一掌的掌风余风,如疾风吹大雨扑面而来。笔气掌风相激,响声骇人。淡写不禁后退了两步,而林良风却纹丝不动。林良风急忙下跪说:"师父,弟子冒犯,罪过!"淡写缓了口气,微笑着说:"你的功夫已超过师父,年纪轻轻有此等成就,可喜!"林良风依然跪着说:"若无两位师父传授弟子武功,弟子绝无今日成就。"淡写说:"快起来、快起来!"寂性有些疑惑,说:"小师父的功夫真是虚观大师所授?"林良风反问:"如若不是虚观大师所授,寂性师父觉得应该是谁授予小僧?"寂性赶忙说:"般若千化掌除虚观大师无第二人能使,但……贫僧冒犯,小师父见谅。"说完又若有所思,接着又说:"虚观师父能有你这徒弟,也应心满意足了。"又对轻描、淡写说:"贵宅气祥人瑞,蒙二位先生盛意,贫僧就再多住几天。"

十六

大家都心知肚明,林良风知道,昨日寂性肯定也想试试自己武功,应该是考虑到自己与淡写师父过招费了不少内力故而不愿当日出招一试,想让自己内力恢复后再试。轻描、淡写和济生也是这么想的。因此,有三天的时间各自歇息着。韩鹤年则为轻描和马管家疗旧伤。续命掌柜缘脉指韩鹤年确实医术高明,对症下药,配以祖传秘方,才两天轻描和马管家就感觉到舒服,马管家的左臂也不那么僵硬了。韩鹤年留下不同药方和秘制药丸给两人,告诉他们要服两个月,说彻底恢复不可能,但两个月后所受的伤将消除大半。

第四天用好早餐,林良风让韩鹤年回屋休息。韩鹤年明白:这是林良风担心一旦和寂性比试武功,两人散逸出的掌风会让自己无法承受。韩鹤年也就回到屋内。

几人又来到淡写的院子喝茶。喝了一杯茶之后,寂性说:"虚观大师许久未见,近可安好?小师父可是青出于蓝胜于蓝啊!"林良风心中大惊:此人如何知道?前日看我与淡写师父比试而知?林良风说得却平静:"若非虚观师父倾囊相授,小僧如何能有这般功夫?"寂性说:"不滞不留,应空皆空,虚观大师慧达。般若千化掌如此上乘功夫,贫僧想讨教几招,小师父可允?"林良风连忙站起双手合十说:"寂性师父何出此言?小僧岂敢尊大。若是寂性师父能指教小僧几招,小僧倒也愿意领教。"这话说得软中有硬。寂性面露微笑，说："虚观大师倾囊相授应是无疑，但依贫僧对虚观大师的了解，大师似还未达到小师父昨日几近无弦发妙音的境地。贫僧姑妄猜测应是佛祖托梦点化小师父。"林良风脸色顿然不悦，说："寂性师父何出此言！师父如若不信虚观大师，小僧今日就以虚观大师所授请师父指点。"又是软中带硬的话。寂性点头微笑并走到院子空旷处，林良风也跟了过去。

林良风说："小僧就请教了！"般若掌的一招"溪流洗客尘"击出，寂性晃身躲过；林良风紧接一招"掌托梅花嗅"，寂性侧跳旋身又避开。林良风心中大惊：这两招虽非般若千化掌的厉害招式，但自己也用上了些内力，对方竟不出招而轻松避过，其功夫深不可测。般若千化掌在武林可是名高望重，林良风听少林方丈清风赞誉般若千化掌不止一两次。难道般若千化掌配不上方丈的赞誉？绝不可能！林良风念头一闪，凝心会神，一招"踏舟渡天湖"击出。这一招掌风劲健，林良风用了比刚才两招更大的内力；而且这一招极为精妙，掌风先是直袭对方华盖、紫宫、玉堂三穴，无论对方向左还是向右闪避，身体只要被掌风碰到一点，掌风就将随身体卷过去，侧面的几道大穴就将被击中；在林良风如此强劲的内力之下，对手身体丝毫不被触及似无可能。寂性一招"崖转野云随"，双方掌气相激，"噼啪"作响，如数张锦帛开裂。寂性不得不出招，这让林良风感到好受一些，寂性的出招让林良风有了不少自尊。在轻描、淡写听来，这种声音比两掌相激而轰然作响之声可怕得多，这是顶级武功对决才有的声音。济生听了则感到头胀、心悸，耳鼓胀痛。这一招难分轩轾。

南天孤雁掌

林良风迅速变招,双掌相激之风尚未退尽,一掌"风催鸟出巢"出去,掌风笼罩寂性十二道大穴,气势力道比刚才"踏舟渡天湖"还大;寂性从容出掌,一招"忽去鸟无踪"应对,两股掌风对峙了一阵又相互抵消。两人又变招,此番林良风掌风变得极为刚健,而寂性掌风始终是柔和宽厚,但林良风能感到其威力。如此过了十几招,林良风掌风又变,变得绵柔阔大,而寂性掌风依然保持不变。如此又过了十几招,一旁济生、书童感到两人的厉害,但似懂非懂。轻描、淡写则看得心惊魄动,内心大呼过瘾。忽然间,林良风一个变化,一招"轻翻贝叶书",掌风如丝如缕,忽而有钢针穿硬物之刚劲,忽而又有如丝缕卷缠之绵劲。此乃般若千化掌的精髓,用好此招需要极深的内力,内力还要运用自如、拿捏得恰到好处。寂性见此招极为精致,变化中威力逼人,稍有闪失即将丧身,便以一招"飘然离烟尘"回击。这一招也是忽而刚劲、忽而绵柔,刚则对刚、柔则对柔,两相抗衡僵持了一会儿,但听得"噗"的一声,林良风僧袍左边被寂性掌风撕裂了一块。林良风见状一招"江翻海倒现",大力催动内力击向寂性。寂性则一招"有偈言无物"回出,又是两股掌风相抵,真气激荡,相持不下,这回比的是内力。林良风催动内力,源源不断输送而出。

　　林良风当年由淡写输给不少真气,轻描、淡写授其轻描淡写功的内力心法后,林良风更是勤练不辍,内力不断加强,跟虚观学习般若千化掌前内力已相当了得,对付一般高手三五个已不在话下。后来又跟虚观学习般若千化掌的内功心法,林良风天资聪颖又勤学恳练,又有轻描、淡写打下的底子,很快内力修为就略超虚观,发起功来确实非同小可。但寂性却丝毫不为所动。又僵持了一会儿，林良风催动气海穴内的元气，内气涌起，从左少冲、右中冲奔涌而出，这回林良风几乎集全部内劲而出。寂性感觉到了林良风变得更为雄劲的掌风，面色也稍显凝重，用出了更大的内力相抵，两人的掌风再次激荡，济生、书童不得不退到更远；连轻描、淡写都略觉掌风迫人，当然还顶得住。不一会儿，林良风蹲站不稳，后退了两步才站稳，而寂性却依然纹丝不动。林良风真气消耗过多，脸色微微泛白，寂性见状收了掌风。林良风站直抱拳对寂性说："寂性师父神功盖世，南天孤雁掌天下无敌，小僧服输！"寂性也双手合十说："承让了！小师父功夫很是了得，年纪尚轻，日后若寻得门径勤加修炼，境界将不可限量。出家人不打诳语，贫僧绝非虚言。"林良风说："寂性师父过誉。小僧自以为般若千化掌天下无敌，今日方知山外有山、天外有天绝非虚言。"

略停顿后，林良风自言自语说："难道般若千化掌真不如冰雪极品剑？"寂性说："坐下说，喝口茶歇歇。"两人坐定，寂性说："般若千化掌博大精深，若是输与冰雪极品剑，依贫僧看定是未理会透掌法。恕贫僧直言，当时虚观师父怕是尚未悟透般若千化掌。"寂性说这话维护了般若千化掌的声望，"当时"是委婉的说法，意思现在已悟透，这是怕林良风不高兴，也维护了虚观的面子——实际是维护了林良风的面子。寂性又说："再恕贫僧直言，小师父的掌法似乎有哪里没有完全接续上，总觉得有那么一点点别扭，详细我也说不好，毕竟我是般若千化掌的门外人——按说，门外之人不应胡言乱语，恕贫僧冒昧得罪了。"林良风心中暗惊：这寂性可真是神僧哪！自己至今未参透"六时长捧佛前灯"那招，故而般若千化掌的精妙招式无法完全连贯。这寂性的武功真正是深不可测。林良风若有所思地说："看来真用好般若千化掌还是可以打赢田女侠的。"寂性问："什么田女侠？"林良风说："就是用冰雪极品剑胜了虚观师父的田女侠呀。"寂性问："此女侠多大年纪？可知现居何处？"林良风说："依虚观师父说，女侠年约半百，又依空明方丈说，他们几位在巩县冰雪洞找得这位女侠，他们被聚钱令手下追杀，求女侠护送他们到少林。虚观大师听说冰雪极品剑护送几人到山下，觉得不下山迎接有失礼仪。相见后各自仰慕对方名号，便比试起来，最后是田女侠胜出一筹。"说这话时，林良风想起了正觉说寂性跟他说的早年与一位叫田莲洁姑娘的情缘。使用冰雪极品剑的女人也姓田，该不是巧合，极有可能是田姑娘。"寂性问："是否虚观大师有意谦让？"林良风说："那倒不是，既是比武切磋，关系到所用武功的名声，岂能相让？"寂性点了点头说："那倒也是。小师父且留下陪陪二位师父，贫僧明日与济生方丈去少林。"林良风说："见到二位师父一切安好，小徒也就宽心了，明日我也要回少林，就与寂性师父同行吧！"轻描、淡写听了也就不再挽留。

十七

第二天一早，寂性、林良风、济生、韩鹤年一起离开崖梅堂前往少林寺。三人一路北上，济生说想到高邮的镇国寺看望一位旧交，刚好却也基本顺道，四人就往高邮方向而去。四人刚入得高邮城，迎面走来三个人，待三人稍走近，那三人中的其中一人对着林良风说："和尚，我们又见面了！"林良风一愣，看说话的人很是眼熟，年纪四十多岁，偏胖，络腮胡子，蓦然想起是当年在兴化府被广施打跑的那个五雷拳的高手，看来此人记忆力不错，当时他与广施师父打斗时，自己站在一旁，这么多年了竟还记得。林良风说："多年不见，应是改邪归正了吧？"这一说不打紧，不仅对林良风说话的人怒目圆睁，另外两人也满脸不高兴。一人年纪比较大，五十来岁，瘦小；一人三十来岁，光头，中等身材，很是壮实。那使五雷拳的人说："江山易改，本性难移，哪改得了啊！我看你的包袱里是有什么宝贝藏着，今日我想取走。"说着就伸手去夺林良风身上的包袱，林良风脚步稍移，那人扑了个空；情急之下，那人一拳猛攻林良风玉堂、膻中、中庭三穴，林良风一掌"无弦发妙音"，那人便飞跌出去。那三十来岁的光头男子对着林良风拍出一掌，看着煞是柔绵，实是杀机重重。这一掌掌风从下到上卷袭林良风下脘、建里、中脘、巨阙、鸠尾，掌风极为遒劲，林良风感到对方内力很是深厚，便一掌"黄叶风送还"既抵御对方掌风，还攻击对方胸乡、天溪、食窦三穴，这三穴属足太阴脾经，被击中也是不得了的事。对方左掌拍出一招化解，右掌几乎同时拍出袭向林良风的廉泉、天突、璇玑、华盖、紫宫五道大穴，旁逸的掌风还袭击林良风的巨骨、肩髃、臂臑三穴，这三穴属手阳明大肠经，被击中也是不得了；既袭五道大穴，掌风还能分叉，这是极为上等的掌法。寂性说了句："玄武飘絮掌！"林良风听说过此掌。少林方丈清风曾到般若堂与虚观谈论聚钱令的事，林良风也在旁边。清风说聚钱令门下有青龙、白虎、朱雀、玄武四大护法，是聚钱令令主手下武功最高的，玄武使的是"玄武飘絮掌"。

不想在此遇到聚钱令的顶级高手，林良风更打起十分精神应对，使出般若千化掌后半部分的一招"日暮西风稍回首"，劲健的掌风笼罩对方九道大穴。两人见招拆招、你来我往斗了四五十个回合，玄武开始微微喘气，显然玄武的内力不如林良风。只见一旁的另一人突然出手，一支很大的黑色飞镖朝林良风飞去，如同黑色的闪电；寂性见状一掌朝飞镖拍去，那飞镖应声落地。寂性说了句："黑铁双尖夺命镖！"那人心中大惊，惊的倒不是寂性说出他的名号，而是这个僧人轻轻松松一掌就把自己的飞镖给击落，这是他成名以来从未遇见过的。

这黑铁双尖夺命镖叫荀公先，就是用飞镖打伤崖梅堂马管家的人。那次轻描一掌击伤荀公先，显然是两败俱伤的拼命打法，荀公先受伤后，确实心里发怵，但即刻感觉自己是轻伤，又见轻描乘自己愣神之际退却，带着被自己飞镖击伤的人一路狂奔而去；待荀公先回过神来去追轻描，发现轻描离去的路上又有口鲜血，估计是轻描尽了极大气力先打伤九泉剑，再返身打自己，这一掌应是几乎耗尽了他的内力，轻描已是强弩之末，自己只受了点轻伤，内力完好无损，如继续对决，轻描必败无疑。想到此，黑铁双尖夺命镖荀公先不禁有点后悔。

而此番这僧人挥手之间的动作实在太为可怕，荀公先拼力对僧人连发两镖，第一镖对着寂性梁丘、犊鼻、足三里而去，这三穴属足阳明胃经；第二镖对着寂性廉泉、天突、璇玑而去，一下一上极为狠毒，寻常高手难以躲避。寂性瞬间拍出一掌，用的是南天孤雁掌的"云在青天水在瓶"，掌风先将第一镖拍落，第二镖袭来时寂性却并不动作，掌风回卷又将第二镖打得偏移，第二镖飞了一段后落地。荀公先知道此番遇到了绝世高手，便拼尽全力发出一镖，然后脚下发力飞逃。寂性左掌出招打落飞镖，右掌几乎同时出招击向荀公先；见掌风猛烈袭来，荀公先只得出招抵挡，哪里挡得住，虽是消解了点掌风却还是被扫到，但觉灵台、至阳麻痛顿时瘫倒在地。寂性上前点其合谷、膻中、听宫三穴，荀公先顿时又能站起，寂性说："你走吧！"荀公先磕头说："谢神僧不杀之恩！"寂性说："今后不可做伤天害理之事。"

那边林良风与玄武继续过招，又过了二十来招，玄武内力越发不济，明显露出败相，林良风乘势一招"竹逼清流入槛来"，玄武心说"不好"，想要出招但已迟了一步，巨阙、中脘二穴被林良风的掌风扫中，顿时瘫软在地。林良风问："聚钱令的护法到此地做甚？"玄武闭目不答。一旁的韩鹤年听说是聚钱令手下，怒从心头起、恶向胆边生，从包袱中掏出断肠丸，一捏玄武的嘴巴按了进去，说："缘脉指韩鹤年请你吃吃自制的断肠丸！"续命掌柜缘脉指在江湖上行医用药非常有名，其所制的断肠丸一定非同寻常。韩鹤年见玄武脸色大变，笑道："再过半个时辰，护法就要生不如死。"玄武说："令主命我探查冰雪极品剑的行踪。"寂性急忙问："冰雪极品剑怎么啦？与聚钱令何干？"玄武说："冰雪极品剑连杀我聚钱令门下的人，令主想找到她的踪迹。"寂性问："聚钱令主究竟是何方神圣，竟让如此多高手替他行凶作恶？你年纪尚轻，来日方长，今日如为他而死多不值得！"玄武听了似有心动，沉吟片刻说："如能给我解药，我可如实告知。"寂性对韩鹤年说："给他解药吧，他还年轻，改恶从善，后面路还有得走。"韩鹤年拿出解药给玄武服了下去。寂性说："现在可以说说聚钱令是什么人了吧？"

玄武说：聚钱令姓鄢名如海，年轻时是东厂曹少钦（后改名曹吉祥）手下的一个番子。他武功极高却不显山露水，但每次办事——哪怕很棘手的事都能完成。尽管如此却总不能升迁，鄢如海心中自是不平，但却不想过于张扬，很重要的原因是他的上乘武功尚未练成，但他已有资本看不起东厂的所有高手。慢慢地，鄢如海发现曹少钦海量攫取金钱财富，他在朝廷能呼风唤雨除了皇上倚重之外，还有一个重要原因是手里有大把金钱，曹少钦不时给官员钱财，恩威并施，服从他的、在皇上面前说他好话的有赏，不从他的、对他有非议的就设法打压并罗织罪名。曹少钦手下的不少人也上行下效。看着那些人如鱼得水的样子，鄢如海心里也就有了更多的想法。鄢如海认为，以他的能力和武功可以比曹少钦更能呼风唤雨，甚至可以建立另一个王朝。一段时间后他离开了东厂，消失得无影无踪。七八年后，东厂有几个高手也离开了，这些高手离开后便浪迹江湖，江湖也就多了几个奉聚钱令打劫的人；东厂也还有几个高手莫名其妙失踪，毫无声息。一时东厂人心惶惶。

林良风问："你是如何知道这些的？"玄武说："四大护法是他最倚重的人，也是他最为信任的人，如果这四人完全不知令主的来龙去脉心里自会生出很大隔膜，易生异心，所以令主也就据实告知我等四人。"寂性说："你继续说下去。"

玄武接着叙述：后来今上成立西厂且极为倚重西厂，厂公汪直经营有方，收罗了一批高手，纵横捭阖。汪直传话给令主，说希望联手合作，共荣共享，否则两败俱伤。令主想到西厂势力要远超东厂，且高手如云，如几个高手联手令主恐怕也未必能赢，觉得与汪厂公交好利远大于弊，于是就暗中联手。

林良风问:"鄢如海如何能让如此多的高手死心塌地为他卖命?"玄武说:"鄢如海恩威并施,他武功极高,凡不服从者杀无赦,乃至株连家人;而依命行事的服从者予以赏赐,依功劳大小给与奖赏。"寂性说:"他劫掠钱财无数,官府朝廷应有所警觉并做出应对才是。"玄武说:"是,但他给汪直大量钱财,汪直一手遮天,满朝文武无不畏惧汪直,官府每每要动作前汪直就会通知聚钱令避避风头,或汪直采用各种手段阻拦大规模搜捕聚钱令的人。这样,手下也就对鄢如海愈加信赖服从。"寂性说:"既然你已说清聚钱令主的来龙去脉,你可以走了。只是今后不要助纣为虐,多行不义定会毙命。"寂性解开其穴道,玄武起身离去。玄武刚走出几步,寂性又叫住他:"聚钱令主的武功并非天下无敌!"言毕,一掌拍向玄武旁边的一块六七尺见方的石头,只听得石头发出咯吱的裂响声,仔细看石头上有许多道细密的裂缝,只见寂性又一掌轻轻拍去,石头顿时散裂开来,变成一堆碎石。玄武见过许多高深功夫,却从未见过如此匪夷所思的功夫,忖度聚钱令主恐难到达此等境界。林良风等看了也是心中大为震惊佩服。玄武转身下跪说:"谢神僧不杀之恩!玄武今后将洗心革面,退出江湖!诸位就此别过!"说罢转身离去。

寂性对林良风说:"玄武这等人物竟然对聚钱令唯命是从,这聚钱令主可真非等闲之辈啊!他要控制江湖、纵横天下。"济生说:"我等尽快去少林吧!"林良风说:"少林的号召力自然大,但若要论武功却没有人比得上寂性师父。"寂性听罢连忙说:"小师父高看贫僧!不可言过、不可言过!我等还是速去少林寺,少林一呼、武林百应。"

十八

几人一路向北。路过宝应县时去了宁国寺参拜。出了寺后,寂性对林良风说:"小师父,恕贫僧冒昧,关于般若千化掌贫僧想说几句,不知可否?"林良风说:"恳请大师指点。"寂性说:"佛法广大精妙,能悟佛法之微妙得有机缘。《般若波罗蜜多心经》故是精简高妙,与其相关之《金刚经》《楞严经》《法华经》《华严经》等也都慧品宏富,小师父跟随虚观师父多日,之前又跟随广施、普惠师父,想必修习经文颇多,至于领悟到何种境界要看悟性与造化,小师父聪慧常人不能及,相关经文若潜心习诵,天道酬勤,或有所发悟而将般若千化掌招式融会贯通,如此,也将般若千化掌带到一个新妙境界。小师父,恕贫僧多嘴!阿弥陀佛!"林良风说:"寂性师父所言极是,晚辈将谨记教诲。"

几人继续一路向北,行了几日来到徐州的丰县。丰县有一饭店叫"聚客林",在江湖上颇有名气,南来北往的江湖人士常在此用餐,吃点酒饭同时也方便探听消息。掌柜经一群以致柔手闻名江湖,与黑白两道都能交往得很好。这天午时初,四人进入饭店,要了素食,店小二刚端上饭菜,就见一伙人进到店内,掌柜连忙安排这伙人围一张大桌坐下。不一会儿,两位伙计忙着给这伙人上酒上菜,鸡鸭鱼肉摆了满满一桌,酒香肉香一阵阵飘来,弄得韩鹤年直咽口水,济生也时不时咽点口水;林良风也觉得香气诱人,喉咙偶尔也动一下;唯有寂性丝毫不为所动。济生数了数那桌的人数,有十三人。只听一人说:"葛帮主，您消息灵通，不知此番玄剑门会不会去？"一人回答："应该会去，玄剑门副帮主郭青为冰雪极品剑所杀，他不可能不去。"林良风他们同时想到回答的人应该就是巨蝎帮帮主葛宏略。有一四十来岁的汉子，头发蓬乱，用一根金黄丝带束着，大笑着说："令主说每个门派只去三个人，你们巨蝎帮却来了四个人，看来贵帮不少人想看冰雪极品剑露丑啊！"那葛宏略四十开外，长得瘦骨嶙峋、贼眉鼠眼。只见他端起大海碗把一整碗酒喝光，对面有一人马上提起酒坛，单手抓住坛口向葛宏略碗里倒满，如此却没有什么酒洒到桌面。葛宏略端起又喝光，对面那人又举坛倒上。葛宏略站起抱拳说："谢绝命刀主，朱刀主神功，在下领略了！"那倒酒之人说："久仰葛帮主大名。大家都在聚钱令旗下，都是一家人，今后还请葛帮主多多提携帮助。"葛宏略说："金刀主言过，哪敢什么提携，有需要兄弟的地方尽管说，相信令主对忠心效命之人赏赐一定不菲。"看来给葛宏略倒酒的是绝命刀主金大梁了。林良风他们想：这么多江湖门派齐聚一起，江湖定有什么大事要发生，而且这事与冰雪极品剑有关。那张桌上的人酒过几巡后，又听得葛宏略说："那冰雪极品剑也忒傲慢了点，这回看令主怎么教训她。"

却见那桌有一人突然对林良风这边说："华林寺方丈怎么来这儿了？"济生大惊，问问话的人："施主如何认得贫僧？"那人四十开外，笑道："前番在华林寺没拿到钱，却被你们围殴，幸好我饿鹰拳轻功了得。"济生说："原来是饿鹰拳尤培生。"那尤培生说："今日是否再比划比划？"经一群走了过来说："鄙店又小又破，经不起比划，何况鄙店从来没人在店里比划过，这也是鄙人开店至今的规矩。"济生却忍不下这口气，说："你若当真要比划，老衲愿意奉陪。既然经掌柜有规矩，那我们就到店外比划。"尤培生说："看来老和尚功夫长进了不少啊！"边说边伸拳击来。济生出掌相迎，济生但觉左脚太冲穴瞬间被寂性右脚点住，一股真气贯入太冲穴直向上涌；尤培生但觉一股极大的气流从济生掌中发出，顿时感到拳头生疼并传到整个手臂，人也不由自主地向后飞跌出去。原来寂性的内力通过涌泉穴传给了济生。经一群赶忙跃上将尤培生扶起，说："尤掌门，我看办正事要紧，不妨与大家一起先去办了正事再说。"尤培生万料不到济生功夫竟长进到这般田地，一招就将自己震飞，厉害程度匪夷所思。经一群的话正好给了台阶下，便说："既是经掌柜说了，那就看在经掌柜的份上，今日暂且别过，后会有期！"

葛宏略等见此情状，心中也都发怵。这还只是老和尚接手，旁边两位面无表情的和尚和另一位佝偻着背的不知功夫如何。葛宏略忙跨前一步，对经一群拱手说："方才不小心差点坏了'聚客林'的规矩，请经掌柜多包涵。山不转水转，我等正事办完后再与老和尚相会。告辞了！"葛宏略从包袱中取了几锭银子放在桌子上，对经一群说："经掌柜，这些银子就都给你了。如有多，下回到贵店忘带钱银，经掌柜也别忘了好酒好菜端上啊！"那经一群走了过来，对葛宏略说："哪里话！葛帮主来小店是小店的荣幸，任何时候吩咐一声，只要店里有就尽管吃喝，还讲什么钱银不钱银。今天这银子却之不恭，我就收下了，谢葛帮主！谢诸位，请常来！"一伙人站起向经一群抱拳道别后向店外走去。那些人没走得几步，经一群在后面说："葛帮主的银子还是给多了，在下心中不安，这一锭还葛帮主！"只见一道银光闪出，银子飞向一伙人前面的一棵大树，深深嵌入树干，一伙人无不惊悚。心想：难怪经一群的聚客林能站立不倒，在江湖左右逢源。

寂性与林良风商议：由林良风找经一群，将轻描、淡写给他们路上用的银两拿些给他，同时也给他点颜色看看，问问他江湖到底有什么大事要发生。见经一群回到柜台，林良风走了过去，从包袱中取出三块银锭放于柜台上，对经一群说："少林寺净尘路过宝地，有幸得尝聚客林素食，深感荣幸，这点银子谢过经掌柜。"经一群见这位号称净尘的少林僧人说话客气有礼，而且给了如此多的银子，心中甚是受用，便走近一步说："师父客气，几碗粗菜哪承受得起如此多的银子。"经一群嘴里这么说，手却伸出来拿银子。林良风抢先一步用手按住银子，说："经掌柜且慢，贫僧有一请求，请经掌柜告知葛宏略一众要到哪儿去？发生了什么事？这事与冰雪极品剑又有什么关系？"经一群嘿嘿一笑说："你问这么多才给这么点钱啊，应该再多给点！"边说边去掀林良风的手要拿银子。林良风手按银子一挪，经一群没有碰着。经一群已意识到对方不简单，右手下按，食指中指点向林良风阳溪、合谷二穴；林良风右手轻轻一移，又避开了。经一群改用左手攻击林良风的上廉、下廉二穴，右手看似轻柔地拍向林良风，但掌风看似绵柔却煞是劲厉，直袭林良风的天突、璇玑二穴。林良风右手上翻，掌背却压在银子上，身子一侧，左臂轻挥，经一群感到一股极大的掌气袭来；同时右手也受到林良风左臂发出的内力之击，经一群感到双手麻痛，站立不稳，后退了几步。经一群心下大惊，自己在江湖混了二十多年，见过的高手可不算少，却从未见过如此厉害的功夫：对方身形四肢几乎不动，内气通过穴位发出即可回击对手；对方全然防守，最后那下也算不得攻。如真是出手恐怕自己完全经受不住。

林良风轻跃进入柜台，扶住经一群说："贫僧多有得罪，经掌柜见谅。经掌柜说银子少也在情理之中，贫僧理应再加点，只是还请经掌柜告知方才贫僧欲知的实情。"说毕，又从包袱中掏出一锭银子，说："经掌柜看够不够？"说着将那银子放在经掌柜手中，经一群一看，银锭上有两道凹痕，这指力让经一群惊恐。经一群知道，对方若要取自己性命简直易如反掌；而对方却给了不少银子又彬彬有礼，这就容不得不如实相告。经一群说："诸位请到后间说话。"经一群招呼林良风几位到后面的一间房里，坐定后，经一群说："几位高僧大德，鄙人理应实情禀告，只是几位万不可说是在下所说。"

经一群说，最近几个月，聚钱令下的玄剑门副帮主，锦绳门主，卷风三节棍康达贵皆被冰雪极品剑斩杀；冰雪极品剑放言要铲除聚钱令。于是，聚钱令主让人给冰雪极品剑传信，约其八月初六在泰山南天门一决胜负。经一群告诉林良风等，据说，冰雪极品剑极为孤傲，她既厌恨黑道人物，也与白道人物绝少往来。此番约战，据说聚钱令让大部分听命于他的门派首领和知名的独行人物上山；而冰雪极品剑知会了哪些人就不得而知，想来应该极少。经一群说，聚钱令主功夫高深莫测，否则也不会有众多的江湖门派听命于他，此番决战，冰雪剑凶多吉少。寂性问："冰雪极品剑你可曾见过？是男是女？"经一群回答："不曾见过，据说是个女流之辈，姓田。"寂性说："阿弥陀佛！感谢经掌柜如实相告。净尘师父，贫僧觉得还应再多给些银子与经掌柜。我们就此别过，或许后会有期。"林良风又取出一锭银子给了经一群，经一群心下欢喜得不得了。

林良风四人又启程前往少林。行了两天，即将进入河南地界，寂性对林良风等三人说："冰雪极品剑救过空明方丈，也算是与佛门有善缘，今日聚钱令欲与其一决高下，聚钱令武功高深莫测，且观战之人多是聚钱令的人，如经一群所说，冰雪极品剑凶多吉少。我等不应袖手旁观，不如济生方丈与韩大夫先去少林，贫僧与净尘去泰山。"林良风说："寂性师父所言有理。冰雪极品剑因与李葆大夫的父亲有交情，亲送李葆一行到少室山下，身份如此高却为情义而躬身赴行，实是侠肝义胆。与虚观师父交手，到最后出招也讲究分寸，未出死手，与我佛门也是善缘。冰雪极品剑疾恶如仇，维护武林正义；我佛慈悲，护善祛恶，我等确不可袖手旁观！"济生说："维护正义，铲妖除魔乃佛门弟子分内事，我岂可避开不管，我与二位一齐去！"韩鹤年说："若无冰雪极品剑护送至少室山下，我等必遭天妖刀毒手，死于非命，能活到今日也拜女侠所赐，我虽武功不济，却也并非贪生怕死之辈，我与诸位同去。"寂性与林良风对视了一眼，两人也只好答应。林良风和寂性所担心的是：聚钱令属下门派云集，高手众多，济生武功虽然不弱，但难保不出意外，韩鹤年就更是令人担心。两人想到一块，便力劝韩鹤年先行去少林。韩鹤年思忖，自己武功几乎尽废，到时极可能还需他们腾出手来保护自己，成为累赘，也就不再坚持同去而转去少林。韩鹤年从身上掏出几粒药丸交给寂性说："这是我独门秘制的七奇丹，疗伤绝佳，补气舒筋去瘀血，带着或许有用。"盛情难却，寂性只好收下。

十九

此时离八月初六也还有几天,三人武功高强,依他们的脚力,八月初二三就可到泰山。林良风说,兖州是江湖人士经常出入之地,不如先到兖州,或许能打探到更多消息;再者,兖州离泰山也近。寂性与济生觉得林良风说得有道理,便欣然同意。

走了几日,三人来到兖州,见已薄暮,便找了家客店住下。第二天三人吃了早饭便在城里走走看看。走了一会儿,林良风看到远处的街角有三个熟悉的身影,连忙将寂性、济生拉到一边,说:"前面街角有三个人我都认识,那老头就是江湖上的好饮仙丐,二位中年男子皆是官府的人,还是锦衣卫,二人也乔装成了乞丐。"寂性说:"锦衣卫也来了,看来事情不简单。"济生对林良风说:"你既与他们相熟,要不你过去问问,我与寂性师父留在这里,以免他们生疑。"林良风说:"我也正有此意。那就请二位师父在此等一等。"说完便向那三人走去。

林良风走了数十步,老叫花已看到他,便带着两人迎了过来。双方稍作寒暄后,林良风说,不远处有个酒店,可到店里说话。到酒店必经过寂性、济生等他的地方,寂性、济生也可进酒店坐坐,免得等太久。林良风与老叫花几位入店坐定,老叫花叫了些酒菜,又为林良风叫了素菜;一会儿,寂性、济生也进入店内,两人找了张离林良风他们较远的桌子坐下。又过了一会儿,老叫花这张桌子的菜上齐了,老叫花叫店小二端了两坛酒来。老叫花对林良风说:"小师父,许久不见,甚为想念,今日一人在外,姑且喝酒吃肉,并无人看见,人生在世图个快活。"林良风说:"不可。小僧进少林、入佛门,谨遵规矩。"丰应说:"你在南少林,可我们在少林寺遇见你师父广施和万福寺的正觉师父。"林良风说:"正觉师父也来少林寺啦?小僧也在少室山上,而且有一段时间了。"老叫花说:"原来小师父在北少林深造,武功一定长进极大。"林良风说:"少林乃天下武宗,能在少林寺学习,自是有所长进。酒仙大爷,快告诉我广施师父和正觉师父现在在哪儿。"老叫花见林良风念师心切,说:"我等上少林寺,有事欲禀告方丈,不想在上少室山的路上遇到广施、正觉二位师父,二位与我等一同上山。"林良风若有所思地说:"看来武林真有大事要发生。"老叫花说:"武林中的事总是没完没了,管也管不完。我看小师父今朝有酒先醉一把,学学我酒仙,暂时把清规戒律放一放,喝他个痛快!于大人,给小师父摆个小碗!"于兴忙将一个碗摆在林良风面前。老叫花坐着将一坛酒提起来,右手腕臂高举,将坛中的酒往林良风面前的小碗中倒;桌子对面倒来,又是小碗,竟然没有酒溅到桌上,这等功力显然比当年在崖梅堂所展现的又高了不少。

林良风不禁赞叹:"酒仙好功夫啊!"紧接着说:"谢仙丐美意,但戒律不能违!这碗酒还是仙丐自己喝了吧!"说着,手掌微拂,一碗酒就平平旋转着飞向老叫花。老叫花见碗飞来,势劲力强,便用上一招"好花文锦观"对着酒碗拍出,这招是老叫花的看家功夫之一,这碗要是被拍中非碎不可。只见林良风手又略一挥,那碗竟下沉些许并往左边飘去;林良风再略挥手,碗又转前落在了老叫花右手边的桌面上,林良风在挥手之间还顺带化解了老叫花的掌风。老叫花、于兴、丰应皆吃惊不小。

老叫花的掌先发,林良风让碗下沉侧开的掌后发,后发先至已是了不得,而掌力让碗下沉再停住酒水却并不洒溅桌上,此等操控拿捏内力简直匪夷所思。老叫花对林良风轻巧化解自己掌力虽是佩服,但又觉得那轻巧之样太不把自己当回事,于是就站了起来,说:"小师父不喝酒,那老夫给您夹菜。"拿起筷子便夹一个碗里的黄豆,第一粒对着林良风的迎香,第二粒对着禾髎,第三粒对着扶突,第四粒对着承浆,第五粒对着廉泉,第六粒对着天突,第七粒对着璇玑,第八粒对着华盖,第九粒对着紫宫,第十粒对着玉堂,一粒紧随一粒,以疾风吹雨之势飞出。林良风拿起桌上筷子,飞来一粒夹住一粒、飞来一粒夹住一粒,夹住的难度比飞来的不知要高多少。待夹住最后一粒黄豆后,林良风说:"来而不往非礼也。"说完,将最后夹住的一粒黄豆飞甩向老叫花的天突穴。老叫花见豆子来势如闪电,不用尽全力难以抵挡,便用全力出掌发力击落黄豆;但林良风又已夹起落在桌上的一粒黄豆击向老叫花的鹰窗穴。这鹰窗穴属足阳明胃经,在玉堂穴旁,被击中轻则双肋麻痛,全身无力;重则心脉受损而亡。

老叫花由于方才瞬时力量尽出,见第二粒黄豆飞来想再发力却已来不及;林良风用筷子甩出的黄豆飞来得太快,功力远超老叫花。老叫花的鹰窗穴被击中后跌坐在椅子上,林良风先后夹起两粒黄豆飞击而出,两粒黄豆分别击中老叫花的上星、听会二穴,化解了老叫花的麻痛无力。老叫花站起身说:"几年不见,小师父的功夫突飞猛进,练就的神功世所罕见,方才若不是小师父手下留情,老夫命已休矣!在此谢过小师父!"刚才林良风用筷子甩出的第二粒黄豆,速度力道都拿捏得恰到好处,稍慢稍轻就有可能被老叫花避开或击落，再快再重一点，就可能嵌入穴位之内，老叫花性命将不保。所以老叫花内心深深折服。林良风也站起，双手合十说："阿弥陀佛！神功绝不敢言，只是借了少林的光，我佛慈悲，少林武功玄妙难量。"

老叫花心中沉吟：此人曾有一面之缘，虽未必是友，但定非敌；如是敌，以其功力要杀我三人易如反掌。况且，丰应、于兴说过，此人与广施联手丰应、于兴共战魔影剑，现已知魔影剑也是聚钱令帐下的。既非敌，不如告知其来意，于是便说："咱边吃边聊，如素菜不够，小师父尽管说。实不相瞒，我三人此番前来是为观看冰雪极品剑与聚钱令一战，八月初六，两人将在泰山南天门对决，如有可能，我等三人想助冰雪极品剑一臂之力。"林良风想到当初与丰应、于兴对战魔影剑师徒，且老叫花与轻描、淡写相熟，三人肯定不是聚钱令的人，又听老叫花如此说，便说："小僧与三位一样，也是要看冰雪极品剑与聚钱令对决。还有两位同道与小僧一同前来，两位师父就坐在对面，可否邀他们同坐？"老叫花说："自然可以，自然可以。"林良风便用传音入密功夫招呼寂性，寂性也就与济生一同过来入座。林良风向老叫花三人介绍了寂性、济生，又向寂性、济生介绍了三人。济生听说过好饮仙丐，老叫花也听说过济生；林良风只说另一位叫寂性，老叫花突然想到传说中的南天孤雁掌是个叫寂性的和尚，便对着寂性打量了一番，但见此人年纪半百左右，双目清澈如潭，身材中等偏瘦，神态安静。老叫花问寂性："尊座可是南天孤雁掌寂性师父？"寂性微微一笑说："您说是就是。"林良风知道老叫花听轻描、淡写说过与寂性比武一事，且老叫花见过淡写代寂性与鬼影剑比武，故而对老叫花问寂性是否南天孤雁掌并不奇怪。济生听了大为吃惊，心想：这老叫花着实厉害，竟然一眼就看出寂性是南天孤雁掌。

老叫花想，南天孤雁掌是与鬼影剑为敌的，鬼影剑是聚钱令的人。老叫花说："此番冰雪极品剑与聚钱令之战，西厂会助力聚钱令。"林良风说："聚钱令武功如此之高竟还要西厂助阵，西厂与聚钱令是什么关系？您又如何知道西厂将派人助力聚钱令？"老叫花稍沉吟片刻，说："实不相瞒三位，我三人乃锦衣卫的人。这几年，皇上信任西厂，大权都交与汪直，汪直越来越横行无忌，朝野上下怨声载道。汪直恶行皇上也有所耳闻，但其实，皇上对汪直始终有所防范，近来密旨朱指挥使对汪直严加监视提防。朱指挥使此次得知汪直派西厂高手协助聚钱令，便命我三人前来观察，并说必要时可助冰雪极品剑一臂之力。"

原来这锦衣卫指挥使叫朱骥，乃宣宗时重臣于谦的女婿，于谦被英宗所杀，朱骥谪戍在外。宪宗上位又招回朱骥，委以重任，掌管锦衣卫。朱骥受于谦影响，较为正直，所用之人多有良善正直之辈，老叫花三人也属于较为正直之辈。

老叫花说："官家中虽有不少狡诈奸滑之人，为虎作伥之辈，但也有一些心存正义之士。"济生说："汪直敛财之疯狂朝野皆知，圣上为何就宽允他？"丰应说："当时圣上受其蒙蔽，且朝廷又值用人之际，所以圣上也就暂且容忍了。但这汪直越来越狂妄大胆，现今圣上已觉得无法容忍。"寂性问："可知西厂派什么人助阵？"老叫花说："据说此次西厂派出'九五之尊'助阵，又据说有人禀报皇上西厂内有人名号为'九五之尊'，皇上大为震怒。汪直的好日子应该快到头了。"寂性说："'九五之尊'一直是云里雾里的人物，江湖人士偶有听闻，却鲜有见到，不想这回也出来了。"

　　九五之尊乃是西厂中两个最顶尖的看家高手，"九"是九霄剑俞子通，"五"是五行刀纪归义。传说九五联手天下无敌，武林中听闻此二人名字无不胆寒。

　　老叫花继续接着说："又据说聚钱令主将聚钱山庄的四大护法高手中的三个也带出来了。"济生说："这四大护法也是云没雾出，聚钱令主更是神龙见首不见尾。"林良风说："仙丐真是见多识广，消息灵通。看来情况对冰雪剑很是不利，我等须助冰雪剑一臂之力。"寂性说："如此多邪道高手聚集，如能使其伏法或使有些人能改邪归正，也算是为武林立了功业。"老叫花说："寂性师父见识高卓，朱指挥使也有此想法，只是苦于难觅高人。聚钱令与汪直勾结，为祸江湖多年，如能乘此机会将其铲除，虽不能说武林就此河清海晏，但至少可以平静好些年。"林良风说："方才仙丐说前几日在少室山遇到广施、正觉师父，想必二位师父也会知会一些武林人士帮助冰雪极品剑。"济生说："只怕是通知来不及，来此也要有些时日，况且冰雪极品剑孤傲隔世，一些武林人士未必肯相助。广施、正觉二位告知少林方丈的话，少林寺若能出手相助也是对冰雪极品剑极有裨益。"寂性说："少林寺一向匡扶正义，但如知有西厂背景，毕竟是官家，也不能不有所顾忌。少林寺已有净尘师父在此，若再来些高手自然好，不来，有净尘师父也可以应付。"济生心想：也是，林良风能与寂性如此比试，功夫如此之高，加上寂性，完全不必太担忧。

二十

　　林良风等与老叫花一行第二天在城里又留了半天，看是看到了些聚钱令麾下的人，但都不是能入眼的高手；也见到个别江湖正派人士，但也是没有什么太大名气的人。几人估量了一下时间路程，觉得也该启程了。

　　八月初六大清早六人就来到了南天门，启明星还挂在天上，六人在一块大岩石后隐蔽起来。过了将近半个时辰，来了一伙人，听到了吵吵嚷嚷的声音，只听有一人说："此番大战，令主胜后不知会给大家什么赏赐。"林良风、寂性、济生一听，这声音正是巨蝎帮帮主葛宏略。有不少人七嘴八舌地应和，听声音，主要是当时在徐州丰县聚客林饭店里的那伙人，但也有些陌生的声音，看来又有新帮派的人加入他们的行列。过了一会儿，又有不少人到来。再一会儿，听见有人喊："天妖刀、怪手棍等大侠也来啦！"林良风不禁将身子挪了几步，来到旁边两块大石头中间，顺着石缝往外看，但见一个矮胖老头手里提着一把比他人还长的大刀，又见一个彪形大汉，手里捏着一根又短又小的黑铁棍，旁边有一个须发皆白、满脸虬髯、模样粗俗的高瘦老头。高瘦老头林良风认得，就是魔影剑。林良风想：这四位应该就是江湖上令人闻风丧胆的妖、魔、鬼、怪四个高手中的三个。普惠师父告诉过林良风："天妖刀身材矮胖，用一把很长很大的刀；魔影剑、鬼影剑都是用剑；怪手棍是彪形大汉，用的是一根很小很短的铁棍。"这时，林良风看见空明方丈和盘锦手叶丰、十杀棍焦蕴走了过来。只听天妖刀一阵怪笑，说："你们几个也来啦？你们还欠我钱呢！这回冰雪剑可保护不了你们啦，待决出胜负你们再缴纳吧！"又听那怪手棍说话："这回有些人是瓮中之鳖啰，嘿嘿！"四周的人无不吃惊，声音虽是细声细气，但却有一股穿透心脉的力道，幸好所来的武功皆不弱，绝大多数都能抵挡得住，少数几个虽有难受却也无大碍。这怪手棍的话音刚落，南天门的台阶下就传来说话声："口气这么大，瓮中鳖说不定是你自己！"话音未落，就见两位僧人从台阶下走了上来。林良风一看，一位是自己的师父虚观，另一位比虚观略年轻，但比虚观壮硕得多，自己并不认得。那边寂性和济生听出了说话的是海月护法，心中诧异：海月护法是如何得到消息从大老远赶来？这怪手棍刚想说什么，却见台阶下又走来三人，众人一看，但见三人额头上分别刺着青龙、白虎、朱雀。林良风想，这就是江湖上传闻已久却难见踪影的聚钱山庄三大护法。本应是四大护法，只是玄武被寂性收服不知退隐何处没有来。

　　青龙、白虎四十开外，身形高大，皆穿着褐色圆领对襟衣，青龙提剑，白虎握刀。朱雀是个满脸虬须的瘦小中年人，江湖上称"萧然朱雀指"。如果加上玄武，那可真是四面威风。这时，远处红日高升，光亮更强，台阶下又飘上两条人影。林良风一看，一高一矮，皆身着长衫，两个年过五旬的中年汉子。只见萧然朱雀指对两人抱拳说："久仰的九霄剑、五行刀也来了！"那一高一矮却并不理会朱雀，也不理会众人。只听提剑的个子高的说："冰雪极品剑好大的架子，日头都升这般高了却还不来，看来我们来早了！"满脸虬须的朱雀说："冰雪极品剑恐怕是怕了我们令主吧！哈哈！"只听那提刀的矮个说："岩石后的四位朋友出来吧!"岩石后寂性等六人相互看了看,寂性用手指指林良风又指指自己,摆了摆手,摇了摇头,再用手指指老叫花,伸出四个指头;另一只手向岩石外指了指,再挥了挥。老叫花、济生、于兴、丰应都明白,那是让他们四位出去。显然,寂性与林良风并没有暴露。

这样,老叫花等四人便走了出去。九霄剑见到于兴说:"这位不是锦衣卫朱指挥麾下的吗?"于兴点了点头,向九霄剑作了个揖,说:"俞大人,俞掌班也来啦!"那矮胖的五行刀对于兴说:"锦衣卫不会是来监视我们吧?"于兴连忙说:"岂敢、岂敢!"这时,有一人影从台阶下飘然而来,同时听得一个女人的声音:"来的人真也不少,哪位是聚钱令主?"林良风见到寂性一下就来到自己身边,也顺着石缝往外看,脸色似不如刚才平静。那女人看不出年龄,似年近半百,头发绾了个髻,几乎皆是白发,但皮肤很好,细白紧致,身材健拔,样貌清俊秀美。又听见青龙说:"何须令主现身,我这柄青龙剑就可会会冰雪极品剑,看看是不是极品。"只听女人冷笑一声说:"那就来试试吧!"青龙便挺剑上前。又听那白虎说:"左青龙右白虎,从来是一对,不可分离。"女人又是冷笑着说:"那就一起上来吧!"白虎挥刀上前。

林良风、寂性看见虚观走上前来说:"且慢!你们是想先耗掉这位女侠的功力,以便让你们主人好取胜吧?老衲曾败于这位女侠剑下,功夫不如她,对付你们何必要她来,老衲对付二位刀剑就可以。"山上虽多是邪道中人,但毕竟又都是武林中人,大部分人也觉得如此比试胜之不武,即便聚钱令主赢了也不光彩。有人说:"那就让老和尚尝尝青龙白虎的厉害!"话音刚落，就有好多声音附和赞同。青龙说："哪里的老和尚，报上名号，如若丧生我剑下，也好替你立个牌位。"虚观说："名号就免了吧！但愿青龙白虎能在老衲掌下重生。"只听有人大声说："少林般若千化掌虚观！"白虎朗声说："原来是大名鼎鼎的般若千化掌。百闻不如一见，百见不如一试，今天倒要领教领教。"说毕，挥出一刀，刀风飞袭虚观玉堂、膻中、中庭三穴；青龙也挥剑而出，剑气也是袭向虚观这三个穴道。虚观不慌不忙举左掌挡住刀风，但剑气又紧接而至，虚观又举右掌挡住，刚放下的左掌则发招，掌风扫向白虎。白虎挥刀格挡，本想守中带攻，不料虚观掌风极为雄劲，只好先守。而虚观挡青龙的右掌倒是守中带攻，掌风挡住青龙的剑气后还顺势击向青龙。青龙不得不连退两步，否则廉泉、天突二穴将被击中。白虎挡住虚观的左掌后马上连挥两刀，刀风直袭虚观的六道大穴；虚观见来势凶猛，抖腕出掌，以攻为防，掌风刀风相激，旁边木石飞动。掌风刀风纠缠了一会儿，掌风压过了刀风，白虎不得不向后退避。待白虎站稳，青龙和白虎对望了一眼，刀剑齐出，剑气借刀风，刀风挟剑气，扑向虚观。虚观凝神聚气，一招"急雨轻舟临断岸"，双掌拍出，刚阳遒劲，有横扫千军之势；掌风与刀剑之气相激，掌风更胜一筹：掌风扫开刀剑气卷了过去，内力浑厚，招数精妙，逼得青龙白虎团身翻滚躲闪。虚观正想乘胜追击，那女人说："大师不必再费力，胜负已见分晓。"女人心里暗暗赞叹：数年不见，虚观武功又长进了许多。

这时，听得九霄剑说："般若千化掌若能胜我手里的九霄剑才算高明。"女人说："我来会会你。虚观大师刚用了些内力，你想乘人之危？"虚观说："不必劳动女侠，女侠还是留着气力对付聚钱令吧，老衲不碍事。"转身对九霄剑说："久闻九霄剑威名，据说九霄剑出，江湖无不服膺，今日倒想见识见识，也想看看西厂是如何仗势欺人的。"九霄剑哈哈一笑，说："本剑从不仗势欺人，但本剑的剑势压人。般若千化掌小心了！"边说边"嗖"地一剑刺向虚观，这一剑疾如闪电。虚观右掌拍出抵挡，左掌发力击向九霄剑。九霄剑俞子通手腕翻动，"嗖嗖"两下化解了虚观掌势，并继续发力挥剑击向虚观，这几下极为不易；虚观未料到九霄剑化解如此迅捷，转换中发力挥剑击来又如此之快，急忙出掌格挡；但剑气却穿越掌风继续袭来，虽然受掌风阻挡剑气已减弱许多，但被击中依然有性命之虞。虚观挪步侧身避开，同时丹田发力，双掌推出——一招"闲步虚境渡若飞"，这是般若千化掌中的妙招，看似双掌同时发力，实则掌风有先有后；不仅有先有后，而且有绞缠之劲隐伏于内，寻常高手极难应对。只见九霄剑也向前划劈，招式怪异，剑身铮铮作响，剑气如游龙与掌风绞缠争斗并最终穿过掌风袭向虚观，凌厉异常。虚观大惊，挥掌拍击并闪身躲避，心想：九五之尊令江湖闻风丧胆，看来不是没有缘由。心中所想电光火石般一闪，虚观急忙聚气会神拿出看家本领与对方再战。

虚观一招"高崖江波观潜流"，又是双掌齐发；九霄剑这会儿面色凝重挥剑接招。林良风看出，这回两人主要是比拼内力，掌风、剑气互不相让，各自运气，互有变化；相持有近半刻钟，两人头上汗珠开始沁出，只见虚观双膝再向下略蹲，肩膀微抖，额上青筋爆出，看样子是在加力。这一加力竟使九霄剑后退了一步，九霄剑脸色发青，大汗淋漓；而虚观也气喘得不轻，汗也出了不少。显然，虚观略胜一筹。旁边的五行刀大声说："九五之尊紧密相连，九五联在一起才至尊。九五共同对决般若千化掌试试。"虚观想：若是答应，自己必败无疑。一个九霄剑已是与自己半斤八两，再加一个五行刀，自己性命肯定不保。正当为难之际，虚观只听得一声"师父"的喊声，一条人影飘然而至，林良风从岩石后跃出。虚观对林良风说："净尘！你怎么来了？"林良风说："般若招感而来。弟子愚顽，受师父般若千化掌，如今小有成就，就让弟子来会会九五之尊吧！师父歇一歇。"

虚观知道，林良风悟性高，内力深厚，功夫远在自己之上，完全有把握对付九五之尊，便说："也好、也好。净尘，你可得当心啊！"说罢，便退往一边。那五行刀说："小和尚敬师爱师，可嘉。只是师父尚且怕我俩，徒弟竟然如此胆大，不可思议，此时反悔还来得及，哈哈！"林良风说："阿弥陀佛！何谓尚且，方才九霄剑分明已败，你二位却想乘人之危以二对一，还自鸣得意？般若千化掌乃少林绝学之一，你二人如何能识得其胜妙？今日贫僧可让二位见识见识。"九霄剑说："口气真不小，好！那我俩就见识见识！出招吧！"林良风说："你们先出吧，少林从来礼让！"这意思其实是少林为尊，岂可先出手。九霄剑说了句："那就看看少林绝技如何厉害吧！"边说边出剑，一招"流星追月"击向林良风；几乎同时，五行刀一招"宏力劈山"紧随而出。林良风左掌一旋推出，右掌竖立如刀劈出，剑气刀风掌风激荡，旁边石土飞扬，稍近的有几人站立不稳向旁边跌去。五行刀变换招式，连绵劈出三刀，这三刀皆有雷霆之势；九霄剑也几乎同时刺出三剑，这三剑犹如惊鸿掠风，两人配合默契。林良风鼻子里"哼"了一声，左掌一招"有修空门自然返"，右掌一招"无殃无殃终泰然",掌风如风起云涌,不仅荡开刀风剑气,还向两人卷扫而去。五行刀喝一声:"好俊的功夫!"侧身旋手扫出三刀;九霄剑也身如龙摆,手如枝摇,削出三剑。刀风剑气互挟互裹着袭向林良风。

林良风见自己全身数十个穴位被刀风剑气笼罩,便猛然发力,用出般若千化掌中极为厉害的一招"澄心知空始心安",右掌背向外抖,左掌心向前推,一阳一阴,刚柔相济,雄浑中夹缠着柔绵之劲,不仅将刀风剑气扫开,而且掌风反袭二人。掌风分为两股分袭二人,二人的天突、璇玑、华盖、紫宫、玉堂五道大穴皆在掌气笼罩之内。九霄剑、五行刀见出招格挡已来不及,两人只好向后退避;但林良风的后续掌风又紧跟着击来,速度之快、劲道之大令二人感到极为促迫,无暇出招反击。林良风的掌风汹涌而至,连绵不断,一旦占了先机,哪容得对方翻盘;林良风乘势发威,毫不松懈地压逼对方。掌风连绵不断需要深厚的内力支撑,每一招都必须势大力猛才能让对手无反击的暇隙。一时间,九五之尊显得狼狈不堪,两人苦苦寻觅反击的机会,怎奈林良风掌风汹涌连绵,始终找不到反击的缝隙。这时,突然听得稍远处有声音说:"这般若千化掌真是了不得!"话音未落,一条人影已落地,来人轻功之高世所罕见。但见来人头戴一顶灰蓝色四方平定巾,罩着黑色面纱,中等身材,穿着蓝色绣黑纹长衫,腰间也挂着一柄剑。周边有许多人纷纷下跪,嘴上说着"令主大安"之类的话。显然,来人就是搅得天下不得安宁的聚钱令主。来人紧接着说:"九五之尊已败,让我来会会般若千化掌。"边说便对着林良风伸出一指,林良风瞬时感到一股指气劲疾袭来,不得不把掌风转对指气。

蓝衫人正要出第二招，突听一旁女人喝道："趁人打到一半加入算什么本事？是聚钱令主吧？我等你很久了。"蓝衫人回身对女人说："啊！光顾着看九五之尊对战般若千化掌，竟把你给漏了。今天来就是要杀你的，给那些死于你剑下的人一个交代！"看来，蓝衫人还真被林良风与九五之尊的对战吸引了。其实，冰雪极品剑也被林良风与九五之尊的对战吸引了。前一刻虚观战青龙白虎时，冰雪极品剑在心中赞叹：一隔数年，虚观的功夫竟长进如此之多。又看林良风与九五之尊的对战，顿然心惊：这位自称虚观徒弟的年轻僧侣使的般若千化掌可比虚观高出了许多，若与其对战恐无胜算。正想着，聚钱令主来了。冰雪极品剑极为恼怒：一是聚钱令主迟迟不到，让自己等了很长时间，这分明是对自己的轻视；二是来了之后一开口就要找般若千化掌比试，这分明不把自己放在眼里。这是个为祸武林很长时间的魔头，正邪不两立，必须清除！

二十一

冰雪极品剑正要出招，不想蓝衫男已然出剑，但见一道寒光飞袭而来。寂性听见有人曾说，从未见令主佩剑，更别说用剑。还有人说，见过令主用指出招。冰雪极品剑也抽剑挥出，两剑剑气相激，铮铮有声。第二招两人几乎同时发力出招，双方剑气皆翻卷涌动，发力后剑招像大刀之势刚猛雄厚，只有顶级高手才能做到。在场的人包括林良风都没有看出两人用的是什么招式。

聚钱令主的剑是武林中神一般传说的定风剑，武林中人谁都没有见过。蓝衫男说:"今天就让你见识见识可号令武林的定风剑吧!"边说边向冰雪极品剑递出第三招。这一招叫"天风卷秋叶",但见地上碎石纷纷向冰雪极品剑飞去,许多块石头皆飞向冰雪极品剑的致命穴位。女人挥剑击落,破裂之石飞扬散开,一时飞沙走石。蓝衫人见状,连挥三剑,剑气破空而去。冰雪极品剑也连挥三剑。女人这三剑真是"来如雷霆收震怒,罢如江海凝清光",气势非凡。蓝衫男"哈"了一声,连环挥出十来剑;女人神情肃穆,也连连挥剑拆招格挡;这回定风剑中的最后三剑隐隐有风雷之声,在女人格挡这最后三剑之际,一道银光从蓝衫男左手飞出。岩石后的寂性心说一声"坏了",手在地上抓一把土往脸上一抹便飞跃而出。只听得女人"啊"地叫了一声,又见蓝衫男挥剑而上,嘴里说:"聚钱令出,冰雪极品剑也要服!"林良风就在近旁,一掌击出,阻止了蓝衫男的剑气。寂性已来到冰雪极品剑身旁,但见女人已经昏迷,身旁有一粒小小的银元宝,旁人看不清,寂性和林良风却看清了,原来那银元宝击中了女人的鸠尾穴。鸠尾穴属任脉之络穴,被击中伤及肝、胆,震动心脉,血滞神闭。方才蓝衫男那连环数十剑,气劲十足,尤其最后带着风雷之声的三招更是威力惊人,冰雪极品剑无暇顾及飞来的银元宝。显然,聚钱令技高一筹。

寂性连点冰雪极品剑合谷、百会、人中、凤池、风门、神门、曲池、涌泉数道穴位,使其气血有所停滞。寂性对林良风说:"保护好济生师父他们!"又对蓝衫男说:"明日此时,贫僧在此等你,不要无胆!"蓝衫男对寂性挥出一剑,寂性一掌把剑气拍开,抓起冰雪极品剑飞奔而去。除了林良风、济生,在场的人,包括蓝衫男,无不惊骇:此僧一掌击开剑气,飞驰而去,功力之深、轻功之高，世所罕见。林良风向蓝衫男连发五掌，蓝衫男不得不凝神应对；这边，虚观、海月也招呼济生几位退走。聚钱令手下见有虚观、海月在场，一时也不敢造次。林良风与蓝衫男又过了几招，见虚观他们已走远，便使出一招"听经悟明一念醒"，这是般若千化掌中至为刚猛的一招，逼得蓝衫男举剑格挡，林良风说："刚才那位师父已与你约定明日此时一决胜负，我先走了！"说罢，蹬脚向后腾跃，再旋身飞奔而去。蓝衫男估摸对方轻功并不亚于自己，若是追赶也未必追得上，便也罢了。

这蓝衫男，也就是聚钱令主，纵横武林、号令江湖数十年几乎没遇到过对手，今日虽是战胜了冰雪极品剑，但与林良风过了几招，并无明显优势，这是他从未遇到过的。还有刚才掠走冰雪极品剑的僧人一掌就将自己的剑气荡开，其功力深不可测；从其抱着冰雪极品剑飞奔而去的样子看，其轻功也是超高。聚钱令主不禁心中茫然，心想，山外有山还真不是一句戏言。但又想，自己与那使般若千化掌的年轻僧人交手并未落下风；而那约战的僧人满脸尘土，未敢以真面目示人，他莫非怕自己？如此想来也未必武功就一定比自己高。但转念又想，当着众人的面约战，难道他对自己的功夫很是了解？自己从未与武艺如此高的僧人交过手。自己明天是非来不可的，否则如何号令天下？

聚钱令主正出神间，听得有人说："令主有事尽管吩咐，我等赴汤蹈火在所不辞！"一看，是怪手棍，旁边还站着天妖刀和魔影剑。人群中有不少人附和："令主但请吩咐，我等一切听命！"妖、魔、鬼、怪四人早就听命于聚钱令，后鬼影剑、魔影剑被打伤，天妖刀和怪手棍找到聚钱令主，想请他为鬼影剑、魔影剑复仇；聚钱令主一则一时找不到南天孤雁掌，二则对轻描、淡写兄弟联手也有所顾忌，就先为鬼影剑、魔影剑疗伤。聚钱令主颇通医术，加之内力深厚，他丹药加输真气，魔影剑不久就基本痊愈了。鬼影剑由于伤势太重，命是救过来了，但武功全废，妖、魔、怪因此对南天孤雁掌恨之入骨。聚钱令主见众人对自己如此恭敬、膜拜，心绪好了许多，对众人说："尔等明日且来，看本令主如何对付那僧人。"巨蝎帮帮主葛宏略说："冰雪极品剑名震天下，与令主对决却不堪一击，我看那僧人比冰雪极品剑强不到哪里去。"许多人纷纷附和。葛宏略又说："那般若掌传人与令主再斗下去也必败无疑！"众人又是一阵附和。聚钱令主对众人说："你们先回去歇着吧，明日巳时你们再到此处。"众人纷纷说一切听令主吩咐。

其实方才这聚钱令主见到林良风与九五之尊对战，完全被吸引住了，自己不知多长时间未见如此精彩的对战了。九五之尊是汪直的人，与自己是同盟。对手——就是称虚观为师父的年轻僧人武功极为高强。聚钱令主觉得，与这样的对手战一番足慰平生也！所以，聚钱令主与冰雪极品剑对决时才速出重手，心里想的是速速击败对方以便与林良风一战。武功到了一定境界就不免对高超的武艺痴迷。

寂性带着冰雪极品剑沿山路飞奔而下，山脚是泰安州。寂性怕在城里易被人追踪觉察，就带着冰雪极品剑来到郊外，扣开了一家农户的门，说路见这个女人受伤昏迷，想暂借一间房屋住下，自己替她疗伤，并将身上仅剩的一些银子都给了这家人。寂性问农户要了碗米汤，慢慢喂冰雪极品剑喝下，然后给她输入真气,不一会儿,冰雪极品剑就醒转过来。寂性叫了声:"田姑娘!"女人睁眼看了寂性一眼,说:"魏大哥,怎么是你?"寂性说:"田姑娘,贫僧对不住你!"女人说:"哪儿的话,你有什么好对不住我的。要说对不住,是我对不住你!"寂性说:"你被伤着,先歇着,待明日贫僧战罢聚钱令主咱们再慢慢说话。"女人说:"谢谢你!你我真是有缘,你又救了我一次!"寂性双手合十,说:"阿弥陀佛!我佛慈悲,有好生之德,你命不该绝。你且歇息,我也打坐养神,以备明日之战。"女人说:"刚才你输了许多真气与我,那聚钱令主武功奇高,明日之战不碍事吧?"寂性淡定回答:"佛能镇魔,邪不压正。不碍事、不碍事!"说罢,倒了碗水,拿出韩鹤年给的七奇丹让女人服下。这七奇丹用的是波斯上好的红花,十多年的水蛭,百年三七,上等的川麝香,上等的犀牛黄,百年山参,二十斤以上的五步蛇的胆制成。冰雪极品剑服下后只一个多时辰就觉得舒泰了许多。

冰雪极品剑田莲洁看上去恢复得还不错。当时聚钱令主虽然打出银元宝,但是冰雪极品剑的防御招数中含有进攻杀招,威力强大,故而聚钱令主无法全力飞出银元宝,而必须分一定心力防冰雪极品剑的杀招;然而,聚钱令主的功夫内力确是极高,要高出冰雪极品剑一截,击来的银元宝威力极大,冰雪剑见无可躲避不及防护,只好鼓气注穴,这样也消减了银元宝的部分威力。冰雪剑的鸠尾穴被击中,只是气滞血凝暂时昏迷,并无性命之虞。

林良风、虚观、海月掩护济生等一干人退走后,林良风、虚观、海月加上济生四人一齐寻找寂性。四人东问西寻哪里找得着，便找了家客栈住下。

这一宿，除海月外，林良风、虚观、济生皆未睡好。林良风既牵挂冰雪极品剑的伤情，也担心寂性为冰雪剑疗伤如果输入真气明日战聚钱令内力受影响。虚观主要担心冰雪极品剑的伤情，不知是否影响性命；当年若不是她手下留情，自己恐怕早没了性命，受人一德，当永世铭记。济生担心的是寂性，如寂性这一宿休息不好，明日战聚钱令精力将受影响。第二天，四人起了个早，来到南天门时，还刚是破晓时分，卯时刚过半。过了一会儿，聚钱令下的一些人也陆续到来，这些人昨日见过虚观和林良风的功夫，心中皆有戒惧。双方相安无事等待，昨日寂性与聚钱令主相约的时间应是辰时将尽之时。

到了辰时将半，红日高升，四周及远处林木青葱可见，还可见有些木叶红黄间杂，南天门所到的人与昨日一样多，但一片寂静，只听得四处的鸟鸣声和山风吹动木叶的声音。不一会儿，就见有两条人影一前一后疾速来到南天门，站定后，众人看清：一个是冰雪极品剑，一个是昨日救走冰雪极品剑并约聚钱令一战的僧人，只是这僧人今日脸上没了灰土，看上去目光炯炯，神色坚毅。只听僧人对身旁的冰雪极品剑说：“你先在旁边歇一歇吧！”众人皆是吃惊，昨日眼见她受伤昏迷，今日却从山下来到南天门，站在一旁依然神闲气定，足见其功力之深厚。其实，除了前面说的聚钱令难以全力掷出银元宝外，寂性给冰雪剑输入许多真气以及出发之前又服了一粒七奇丹也有很大关系。

只听寂性对林良风说：“聚钱令主也来了！”说话间只见聚钱令主飘落，依然是蓝色长衫，也依然戴着面罩。林良风猛然醒悟到：昨日九霄剑、五行刀并未发觉寂性与自己藏身于岩石后；后来聚钱令主来了后也并未发现寂性藏于岩石后，而方才聚钱令主人未现身寂性却已察觉到他来了，可以肯定寂性的功夫高于聚钱令主。只听聚钱令主说："这位师父果然守信，能否报上名号、门派？"寂性说："可以，只是聚钱令主要先将面罩摘下。聚钱令主武功如此之高，还怕什么？"蓝衫男哈哈大笑，声震四周，许多人感到耳痛头胀，难以忍受。蓝衫男说："要求脱面罩你是第三个。你先接我三招，三招接住，我就脱面罩。"寂性说："出招吧！请勿食言。"聚钱令主右手挥出一剑，左指随后点向寂性。这一剑霸道异常，挥出之后形成十二道气流对着寂性任脉的从承浆到上脘的十二道大穴；寂性若是出手抵挡，任脉的中脘至神阙的五道大穴又将被指气所袭。寂性左掌一旋拍出一掌，瞬间分成十二股气流针对十二道剑气，将剑气挡开。寂性右手紧跟着拍出，掌气分成五股也化开了五道指气。

聚钱令主第二招是剑指齐发，剑气像大风席卷之势又飘荡摇摆飞向寂性。一旁的林良风、虚观、海月以及九五之尊、青龙、白虎、朱雀皆感到惊心动魄；其他人离得稍远，似也看不太懂。寂性右掌击出抵挡，掌风、剑气、指气互相激荡。站在远处的绝命刀主金大梁嘴里说着："令主神功，在下想看个真切！"边说脚步边向前移动，刚进入掌风剑气激荡之风的边缘，金大梁便惨叫一声跌出老远。绝命刀门下的两人急忙过去，只见金大梁躺在地上，口吐鲜血，面色煞白，两人把金大梁扶起。观战的一众人无不惊骇，连忙离寂性和聚钱令主更远一点。

只见聚钱令主出第三招，这第三招是右手连绵挥剑，左手食指、中指指气发出击向寂性，剑气指气连绵而出；寂性左右晃动闪避，而身后石头被剑气指气击中碎片飞扬。只见寂性双掌环抱一推，似在推一个圆球，掌风卷扫而出与剑气指气相激，隐隐有风雷之声，煞是骇人。双方相持了一会儿，聚钱令主不得不后退一步并侧身避开掌风。

聚钱令主笑道："看来我非摘面罩不可了。只是我摘除面罩，你应该也报出名号，这才公平。"寂性答道："可以。"只见聚钱令主撤下了面罩，众人一看，是个须发皆白的老头，但其身形却像三十来岁的人，面罩罩着后完全不知是个老者。寂性说："贫僧南天孤雁掌寂性。"南天孤雁掌在江湖是云雾缥缈的神话。不说周围的人吃惊，聚钱令主眯缝着眼睛盯着寂性看，眼睛变得极为细小。但寂性、林良风皆看到那眯缝的眼睛里闪射出精光。聚钱令主抱拳说："南天孤雁掌只闻其名，不见其人，是武林的神话传说，今日得见真容，真是三生有幸！"寂性双手合十说："聚钱令主如此抬举贫僧，贫僧愧不敢当！南天孤雁掌于贫僧是第二代，但愿贫僧不辱没南天孤雁掌。"聚钱令主说："师父不出，徒弟现身，年纪不大，功夫颇深。"寂性说："师父西去，徒弟年纪不比你小，你不可卖老。"聚钱令主说："哦！原来这样，那多余的话就不说了，今天倒要好好领教南天孤雁掌。"

寂性说："请！"聚钱令主剑回腰间，双手出指，指气连点寂性数十道大穴；寂性双掌拍出形成一道气墙，猛烈的指气冲击气墙但就是钻不过去。聚钱令主突然变招，轻拍剑鞘，剑便出鞘直飞向寂性；聚钱令主右手出指，指气催动那剑；寂性直到那剑将到自己面前才出掌拍去，剑向后移了数尺，但在聚钱令主的指气操控下剑像游龙摇摆晃动却不失迅捷地继续袭向寂性。寂性掌风拍去，且距离如此之近，剑竟然闪避自如，游走再袭，不能不说聚钱令主的指气高超劲健世所罕有。而如此劲健之剑，寂性竟等到将近身才出掌，其掌力之深厚、功夫之老到也是世所罕有。双方你来我往斗了几十招，一时难分轩轾。聚钱令主收剑回鞘，只用指法对寂性的掌法；但渐渐地，攻的一方成了寂性，聚钱令主成了守方。只见寂性使出一招"洪波远空接浩渺"，掌风浩大壮阔。林良风、虚观、海月在一旁皆钦佩非常。虚观见过许多用掌的高手，却从未见过如此雄浑阔大的掌风；林良风也自忖自己使不出如此壮阔的掌风。聚钱令主显然也感到了掌风的压迫力，他抖擞精神，挥剑出招刺向掌风。这招用的是定风剑中的"凉飚穿重林"，剑气犀利异常，上跃下掼，左穿右缠，逐步抵近对方，但剑气刚一抵近就被掌风推走，掌风反而逼向聚钱令主。聚钱令主变招，一招"水流随曲岸"，剑气哗然有水声；寂性使一招"山鹰千峰转飘然"回应，飒然有风声。双方就这么你来我往又过了近百招。

　　冰雪极品剑在一旁暗自忖量：自己的剑招确实不及这位聚钱令主来得变化多端，宏阔和犀利也比不上，劲道更是差了一截。自己刻苦辛勤修习多年，自认为对冰雪极品剑剑谱已参研深透，艺业精进，不想山外有山，强中更有强中手。此时已到午时，一众人完全被这惊世绝顶的对战吸引、倾倒，也都忘了饥饿。

　　聚钱令主见久战不胜，还屡屡被对方占上风，心中焦躁，轻喝一声，递出一招指招中极为厉害的"青雾绕绿竹"——聚钱令主的指就叫聚钱指，指气形成数道密集的气柱飞射寂性；寂性则以南天孤雁掌中的"静斋掩扉紧如愿"，双掌拍出，形成厚实的掌气挡住水柱般的指气。指气欲疾进,掌风却不让,一时就这么对抗着,两人的招式比拼变成了内力对抗。毕竟两人已过了上百招,比了一会儿内力,双方消耗都很大。不一会儿,聚钱令主额头上开始沁出细密的汗珠,脸色略显潮红,神情倒并无慌乱。寂性面色并无变化,依然神闲气定。渐渐地,聚钱令主感到寂性的掌风犹如一道移动的厚墙以排山倒海之势向自己压来,其内力似乎源源不断,而自己虽还能抗得住,但时间一长必败无疑;要命的是现在撤招已不可能,双方处于胶着状态,掌风指风纠缠着,你中有我,我中有你,谁一撤招立马就会被对方乘势击中,不死也是重伤。又过了一会儿,聚钱令主开始微微喘气,额上汗水更多更密,脸色也更红。寂性的额上也有点汗水出来,只是比聚钱令主要少得多,神色也没有什么变化。又过了一会儿,聚钱令主喘气更为粗重,汗也出得更多;寂性的汗水比前一时刻也多了点,气息比原先也更重更快,但气息变粗重这只有聚钱令主和寂性知道,其他人难以察觉。又过了一会儿,聚钱令主的喘气变得愈发粗重,背部有湿渍出现,额上豆大的汗珠滚滚而落;寂性也开始微喘,额上汗点也增密,而神情依然沉着,双目炯炯有神。只见聚钱令主双目圆睁,左脚往地上一跺,双手轻轻发抖,似在全力催发指气。寂性嘴唇轻抿,微微一笑,双臂轻抖,也似在催发掌气。只听聚钱令主惨叫一声,跌出数丈之外。寂性用袖子擦了擦额上的汗水,双手合十说道:"阿弥陀佛!"

虚观也双手合十说:"阿弥陀佛!我佛慈悲,终于尘埃落定!"

寂性环视众人,除林良风等几位,聚钱令主的拥趸脸上多露出戒惧之色，唯九五之尊二人一直打量着寂性和林良风。寂空明白，九五之尊是想趁自己内力消耗过多打败自己，但他们又忌惮林良风出手。寂性指着一伙人旁边的一块大石头说："尔等站了这么长时间，为何不坐下歇息歇息？"又说："哦，也许石头上都是青苔，阳光照不到。"说罢，一掌拍向石头上的树枝，枝叶纷纷下落，寂性说一声："莫落石头上！"双掌拍出，枝叶被掌风扫得飞向别处。此举分明在告诫九五之尊：自己内力依然充沛。

众人，也包括九五之尊见了无不惊骇：经此大战，寂性内力依然如此强劲，实是匪夷所思。

寂性走向聚钱令主，众人也都跟着走过去。但见聚钱令主躺在地上，口角挂着几缕鲜血，人尚在昏迷之中。寂性把其脉搏，只觉脉象微弱，但尚有生迹，于是连点其鱼际、尺泽、太渊、前顶、膻中、合谷等穴位，再向其注入些真气，不一会儿聚钱令主苏醒了，望了望众人，顿感心中悲凉；试一运气，顿觉心腑裂痛，气息经脉阻滞，便知自己伤势极重，心想恐怕武功要废。寂性又点了他几个穴道，使其无法动弹，然后起身说："你静躺小半个时辰，穴道自开，回去疗伤养生吧。武功是废了，江湖不会再有聚钱令主了！"众人听罢此言，心中皆惊骇，没想到江湖上呼风唤雨数十年搅得武林翻江倒海的聚钱令主从此消亡。

只听聚钱令主对天妖刀说："我用的是定风剑。"天妖刀、魔影剑、怪手棍同时叫道："师叔！"定风剑是一位姓鄢的武林高手用，这位鄢姓高手谁都没见过，而鄢姓高手的师兄叫苏胜子，二人对刀、枪、剑、棍、鞭、锤皆精通；苏胜子拳法尤为精绝，而聚钱令主鄢如海指法极其高超。武林中，除寂性、虚观、空明等一些年纪比较大的听说过外，知道的人极少。

寂性对一众人说："武林魔怪时有出现，尔等不可助妖兴怪，为祸武林。前番罪孽尔等自行悔过，日后多做善事赎罪。再有为祸之事，休怪贫僧等无情。"说罢对冰雪极品剑、林良风、虚观等说："我等可以走了。"

天妖刀、魔影剑、怪手棍扶着聚钱令主走了，青龙、白虎、朱雀与一众人作鸟兽散，九五之尊则回京城向汪直复命。

二十二

老叫花、丰应、于兴也随寂性他们一同下山。路上。老叫花告诉寂性等人：汪直与聚钱令主都奉信"人为财死、鸟为食亡"之信条；汪直权倾朝野，朝中大臣对其又怕又恨，皇上也有所知晓；后来汪直敛财愈益疯狂，花样百出，朝野上下议论纷纷，皇上不满加重。汪直权财双握，呼风唤雨，实已犯了大忌，近些年又与聚钱令主勾结，聚钱令主每年向汪直供奉不少钱物，皇上听闻更是恼怒。前些时，皇上已下旨令朱指挥使密切监视汪直动向，同时也令东厂的人注意打探聚钱令动向。皇上已有铲除汪直之意。

林良风心想：汪直与聚钱令勾结，黑白全收；又权财皆有，上下通吃；汪直与聚钱令主皆是顺我者昌逆我者亡。如不是寂性师父废了聚钱令主武功，江湖将愈加乌烟瘴气。但愿今上能清除汪直，使乾坤清朗。

几人到了山下，将各自前往不同的路程。寂性对虚观说：

"大师，贫僧有一事相求，不知大师可否应允？"虚观说："寂性大师何出此言，贫僧但听大师吩咐。"虚观知道寂性年长于自己，只是颜貌不显老而已。原来少林达摩院首座了悟对虚观说过寂性的事。

了悟曾经跟虚观说过这么一件事：当年有一位年轻僧人从五台山显通寺来到少林寺，显通寺方丈修书一封，希望少林寺接纳此僧。此僧武艺颇为了得，但与了悟试手后愿拜了悟为师潜心学武。了悟教了他两个多月，发觉其悟性奇高，是极为罕见的能修习上乘武功的料子；而且其武功有与自己的一位相知的武功的痕迹。了悟又察觉，年轻僧人在修习中时有走神，被了悟点破后，僧人向了悟说了与一位田姓姑娘倾心相爱的事。了悟对年轻僧人说，伤心之人宜向伤心而后平静之人学习修为，少林功夫虽好，但也并非绝顶。寂性听了大为吃惊：少林达摩院首座竟说自己武功并非绝顶，那绝顶之人为谁？了悟说，自己可修书一封，僧人可带上此书上南地福州鼓山涌泉寺旁的蝙蝠洞找南天孤雁掌真量法师。了悟对这位叫寂性的僧人说，南天孤雁掌才是最上乘的功夫，非有极高悟性不能修习，而且，真量佛法修为极高，跟其念佛习武可消除尘虑，了断俗情。了悟问寂性，你的武功向谁学的？寂性说，先是向河间府的沧州一位亲戚学的，后来遇到一位异人，那人授予他一些武功；问他姓名，他说，相逢是缘分，何必知名号，如是缘分深，续缘密自解。了悟问寂性那异人长什么模样，寂性便说了那人的模样。

了悟说，那异人曾来少林出家，法号真量，出家是为了断情缘。了悟告诉寂性，真量的功夫与自己不相上下，但真量的悟性比自己要好不少，佛法修为也要高于自己，其功夫日后必将超过自己。自己曾与达摩院几位长老商议并禀过方丈，将达摩院首座易位与真量。真量得知后极不高兴，不仅坚决不肯，而且要离开少林寺，了悟就只好做罢。不久，真量就向了悟等辞行，去南方福州的鼓山涌泉寺修炼南天孤雁掌神功。真量说，他听说涌泉寺旁有一蝙蝠洞，人迹罕至，是清静修习的好地方。真量走后，了悟才看到他留给自己的一封信，真量将信交达摩院一位长老，请他待自己离开少林寺后交予了悟。信中说，一则，涌泉寺远离中原，中原武林是非多，听闻邪魔外道作祟，自己难以不管，而南天孤雁掌需极为静心修炼；二则，了悟及方丈再要让他任首座，传出去恐被武林认作少林寺有纠纷内讧，被武林笑话，故而南去。了悟赞叹：真量真是绝好的习武之才。寂性听说真量伤心而后平静，南天孤雁掌又是天下最上乘的武功，便决定按了悟所言去找真量。

寂性对虚观说："南天孤雁掌苦无传人，资质平凡只能得其皮毛；资质略优者能稍入肌肤，但难得真髓，若强行练习将伤害经脉。大师徒弟净尘资质良佳，悟性极高，贫僧欲将南天孤雁掌相传，还望大师允肯。"虚观心想：林良风确是天资聪颖，将般若千化掌练得出神入化，修为远高于自己。而林良风却始终恭谨诚恳，对自己执弟子礼。少林寺有此弟子，是少林寺也是自己的福分。南天孤雁掌也是佛门武学，真量与了悟交谊笃厚，寂性、林良风皆是宅心仁厚之辈，林良风修习南天孤雁掌有何不可？虚观说："南天孤雁掌乃佛门武学，净尘悟性高、根基好，又有慈悲之心，能向寂性师父学习更上一层，是净尘的福分。"寂性双手合十说："阿弥陀佛！那就致为感谢！真量师父西天有知也会感谢虚观大师。"海月问寂性:"大师方才为何不送恶魔入地狱?"寂性说:"我佛慈悲,化渡凶邪,废去他武功即可,何必取他性命!聚钱令主若能深记戒训,回心转意,弃恶从善,对听命于他的一众人是个示引、范导。我佛既渡困厄,也渡凶邪。"众人心下无不佩服:寂性武功既超绝,心怀又慈悲。

一行人一一道别。寂性、林良风、冰雪极品剑则另行一路。

寂性带着林良风、冰雪极品剑来到郊外昨日落脚的那户农家。寂性告诉林良风,亏得这家人让他们住下,还拿出食物招待他们。寂性让林良风将身上所带银子拿出相当部分给了这户人家。

三人打算在这户人家的屋子暂歇一晚。三人吃罢晚饭回到屋子,坐定后寂性说:"不知田姑娘今后作何打算?"冰雪极品剑说:"我昨日已与你说过,当年对我爹发过毒誓,但后来遇到李葆父亲李得仁,李得仁为报我救命之恩给了我一大笔钱,我把这些钱给了我爹,我爹答应废除毒誓,然而我却寻你不着。再后来又遇见了冰雪极品剑司马容婆婆。"林良风问:"婆婆可还在?"冰雪极品剑说:"婆婆已归仙。我与司马婆婆有缘,婆婆说我天资敏慧,可练成冰雪极品剑,但须答应不得嫁人才能教与我。"寂性说:"看来你是答应了。"话音中带有失落感。冰雪极品剑说:"是的,否则如何练成冰雪极品剑?不过,婆婆临终前曾对我说,真有心上人也可嫁,只是要自断一指。"寂性说:"阿弥陀佛!断指罪过!"但语调中似有一丝喜悦。寂性接着说:"实不相瞒,我虽入佛门,跟着真量师父日夜念佛练功,但雨打春花之际,风送黄叶之时,心中无不想念田姑娘你。"林良风听罢大为吃惊：万料不到修为如此之深的一代武学大师几十年依然为情所困，难以超脱。寂性接着又说："如今我与你皆老了，余岁无多，如你应允，我等三个到福州鼓山涌泉寺祭拜真量师父，请他在天之灵应允我还俗。这位净尘师父天资卓越，领悟力世所罕见，而且心地良实，贫僧愿将南天孤雁掌悉数传授与他。南天孤雁掌有了绝好传人，也可告慰真量师父。"寂性停顿了一下说："以净尘师父的根底加上绝佳领悟力，南天孤雁掌的传授用不了多长时日……然后，然后我与田姑娘你结为连理，白头偕老。"油灯照映中，冰雪极品剑田莲洁脸色泛红，眼里泪光闪动，说："那得先回冰雪洞祭拜司马婆婆。请求她应允我与魏大哥成亲。"冰雪极品剑顿了顿说："只可惜冰雪极品剑无传人。"寂性说："早就听说冰雪极品剑传女不传男。"田莲洁说："传授还得有缘分，接受之人还得有悟性。"转头对林良风说："到了冰雪洞，我将放于洞中的剑谱交给你，日后如遇到有缘之人可交与其学习，但须谨记司马婆婆的嘱咐，传女不传男，且此女不得婚嫁。"

林良风对寂性说："大师，小僧能得南天孤雁掌真传，实是有幸！只是修习需一定时日，如此岂不耽误大师与女侠姻缘连理的时日？"寂性说："这些日子贫僧一直在观察你，你佛学修为颇深，佛门习武之人如你这般晨起诵经，晚课不落，虔心向佛的极为少数。习得南天孤雁掌需要武学、经文双修，净尘小师父武学、经文根基皆佳，而且颖悟力又极高，小师父心玉得禅真意，喧静皆禅，贫僧只需教授三五个月即可，余下你可慢慢参研体会，以你的悟性，日后武学成就定然在贫僧之上。如此，日后贫僧也有颜面去见真量师父了。"林良风说："阿弥陀佛！大师何出此言。大师武功登峰造极，当时在崖梅堂已证明，弟子远不及大师，弟子将专心向师父学习，如能对南天孤雁掌有所发扬光大，也不枉费了师父苦心。山溪钟律不变，师父之恩永恒，一如虚观大师永远是弟子的师父，寂性大师也永远是弟子的师父。"寂性说："虚观大师历览诸相，阅世广深，能如此看重你自有其道理。除暴安良、维护正义始终是南天孤雁掌行世的应有之义，南天孤雁掌虽少问世事，但并非全然不问，世间若有妖魔兴、鬼怪作，南天孤雁掌也是要出山驱魔除怪的。"林良风说："师父良言弟子谨记！弟子深受魔怪之害，当年就是聚钱令手下放火烧了弟子的家，爹娘皆死于非命；若不是广施师父出手帮助并收留弟子，也不知今日是何境况。致使家难的仇人是谁，至今也不知，只知道是聚钱令的手下。当时聚钱令被师父击倒在地之际，弟子真想一掌毙了他，但在其危弱之时出手非我武林正道所应为，也就忍住了。日后若有聚钱令一类妖魔再现，弟子定当铲灭。"

林良风将当年父母如何被聚钱令手下残害，自己又如何流落泉州被恶霸欺负，又被广施搭救等事说与寂性听。寂性说："你与佛门有缘，因缘和合，也是我佛慈悲。你的武功修习比我多样，武功需极睇参差，比较参研，方能精进，故而你日后修为定高于贫僧，这并非虚言。"三人又说了些话，便各自休息去了。

第二天一早，林良风、寂性、冰雪极品剑便出发向着冰雪洞而去。